讓生命潛能 帶你探索心靈世界的真、善、美
Life Potential Publishing Co., Ltd

印加巫士的智慧洞見

成為地球守護者的操練與挑戰

阿貝托・維洛多博士（Alberto Villoldo, Ph.D.）著　奕蘭 譯

The Four Insights

Wisdom, Power, and Grace of the Earthkeepers

獻給——

我的導師和朋友——史坦利·克里普納（Stanley Krippner）

及治療師和太陽之子——安東尼歐（don Antonio）先生

推薦序——

守護我們的伊甸園

李育青

細數著每個忙碌的日子，有許多的事件正在進行，更多的等著被遺忘，光陰的長河在這片土地上輕輕地擺尾，將一切悄然隱藏在河灣之後，晨曦下的光影讓河畔幻化成繽紛迷離的世界，人們在此佇足，來祈禱的，來喝水的，來釣魚的，倒垃圾的，堆石頭的，或是想照見自己靈魂的。

記得在學習成為一個「都市薩滿」的歷程中，費盡心神地想要通曉一切必要的技術與知識，不斷地央求老師多指導一些，深怕遺漏了重要的部分。卻只見他滿懷笑容地在我手中塞入兩顆碩大的玉米種子，以深邃而認真的眼神說：「我們種植玉米，也培育上帝。要用力地呼吸，並好好的活著。」我會心一笑，感覺歡欣的火苗點亮了整個心腸。血脈中早已遺忘的原始野性，此時此地，不期然地甦醒過來。

薩滿的智慧與洞見總是如此簡單而直接，就像霑濕森林的雨，靜靜地滲入我們的靈魂之中，讓旅人的身心變得優雅溫柔。一如本書在恰當的時刻來到讀者的面前，彷佛一道彩虹，將天空的蔚藍澄淨，大地的包容與滋養，山的內斂、雄渾與沉穩，和海的靜謐，狂野，無邊無際，顯化成一朵只在天國夢幻般的黃昏才綻放的神祕之花，進入我們的生命裡，帶來令人悸動的豐麗美感。

阿貝托博士將數十年來傳承的印加治療者（Laika）與地球守護者（Earthkeeper）的智慧、力量與恩典，無私地以簡潔明晰的形式呈現。我們似乎與他在霜寒的夜晚圍坐在篝火旁，就著火堆的溫暖，凝聽薩滿們特有的喃喃語調，訴說著一則則古老的傳奇與神話故事，像無邊蒼穹灑下的燦燦星光，彷佛觸手可及，卻又遙遠若夢。遠古與未來的薩滿巫師也輕巧地穿越時空，坐在我們身旁，來自本體的發光絲線穿透舞動的火光，將我們織成生命之網。在月色裡閃耀著彩虹的光芒。當鷹帶著第一道曙光，飛進我們的夢裡，摯愛的山川大地，森林沃野也乘著羽翼，在心中醒來，成為生命堅實恆久的支持。

有恰當的心與愛（Munay），才有恰當的智慧（Yachay），然後才能有恰當的顯化與行動（llank'ay）。

《印加巫士的智慧洞見》不論讀者從心領神會或體證的角度，都能有意想不到的收穫與視野，讓我們舉目四望皆是美的歷程。回想收到此書的那晚，情不自禁地通讀到底，欲罷不能，又就書中精要的部分細嚼一番，直到透心，不知東方之既白。至今心仍低迴不已，宛如置身永恆之中，精神有重獲自由與解脫之感。誠摯地推薦給大家。

穿過長長的森林後，我們大幅度地降落到低處。高逾一丈的高山芒間，瞥見了幾朵台灣百合，花梗高高地伸出，在雨後的大氣中散出帶有甜味的芬芳，腳下的溪澗濁流傳來奔放的激流聲。生命中總有許多隱微美好而值得守護的事物。邀請您，親愛的讀者，一同來守護我們摯愛的伊甸園——地球。

李育青　Apuchin（飛翔的山或禿鷹）

- 開業牙醫師
- 臼井靈氣治療師、印加薩滿
- 前生態關懷者協會理事長

前言　地球守護者之道

在美洲，數千年來，許多土著巫醫組成了祕密團體，小心的守護他們所承傳的智慧與教導，並扮演著「大自然服務者」的角色。這些「地球守護者」（Earthkeepers）以不同的名稱存在於許多國家中，例如，在安地斯山和亞馬遜地區，他們被稱作「拉依卡」（Laika，譯注：或稱作治療者）。

一九五〇年，來自安地斯高山的一群治療者（拉依卡）前往一座聖山的山下，參加在此舉行的薩滿巫師年度聚會。當地的土著看到拉依卡們身穿的毛氈外套，立即認出這是高階薩滿祭司的標記。他們發現，這是一群人們以為在西班牙人入侵之後就已消失的男巫醫與女巫醫。這些高階薩滿巫師們知道人類即將面臨一場巨變，所以決定從隱居中走出來，向世人傳播智慧。這些智慧將使我們安然度過將要面臨的巨變，幫助我們改變實相，創造一個更美好的世界。

對征服者隱藏智慧

地球守護者們教導我們，所有的造物——大地、人類、鯨魚、岩石甚至星星——都是由振動和光所組成。我們所認知為物質和真實存在的一切，無不是一個我們投射到這個世界的夢境。這個夢是一個故事，雖然它並不真實，但我們卻相信它是真的。地球守護者的修行和智慧，教導我們如何重寫人生劇情，用薩滿巫師的話來說，就是如何「把夢想世界化為現實」。

這些被稱作「四個洞見」的珍貴教導，曾經因故被小心的隱藏。隨著征服者的到來（即前來美洲大陸的歐洲朝聖者和早期移民者），拉依卡受到了殘酷的迫害。許多治療者，尤其是女治療者，被烙上女巫和男巫的烙印，關進監獄，慘遭折磨和殺害。直到今日，世界各地的西班牙宗教裁判所已關閉了兩百年，天主教教會依然認為治療者的知識是危險的，對教會有所威脅，於是在祕魯的利馬繼續保留一個辦事處。這個根除邪神崇拜的辦事處由道明教會管理，在十五世紀時，這個教會曾經宣判聖女貞德為異教徒，將她綁在火刑柱上燒死。

治療者們明瞭人類有能力將自己夢想的世界化為現實，這份知識威力極大，德行不足的人有可能濫用它。所以，他們不僅對西班牙征服者隱藏了這些知識，也不傳授給一般的土著同胞。不過他們明白，這四個洞見是屬於全人類的，所以當拉依卡遇到沒有征服者般的傲慢與敵意的白人時，也會願意傳遞這份智慧的教導給他。例如，在西班牙人入侵之後不久，他們收了一個白人弟子，他是位天主教耶穌會的神父，名叫布拉斯・法萊拉（Blas Valera），是印地安人與西班牙人的混血兒。

拉依卡將他們的祕法點傳給法萊拉神父，讓他寫出四本關於拉依卡教導的書，但很遺憾，其中三本在宗教審判期間神祕的消失了（剩下一本在義大利的私人收藏裡）。法萊拉宣稱，印加具有與歐洲同等的文明程度，因為印加能夠藉由運用一套稱作「奎普斯」（Quipus）的結繩系統來書寫。當法萊拉的教會發現他的作為時，就把他關進監獄，六年後他死在獄中。耶穌會為何要把他們自己的神父關進監獄？為什麼如此害怕他為全人類利益而記錄下來的智慧呢？在法萊拉被解除教職之後，為什麼還要禁止任命任何混血兒或當地人為神父呢？

我是另一個成為拉依卡傳人的非印第安人，我加入了在亞馬遜（靠近庫斯科的印加城）的智慧守護者傳承系統，雖然我從來沒想過要加入他們。作為一個醫學人類學家，我有興趣的是研究薩滿巫師的治療法門。

或許是幸運或命運所致，我最終遇見了我的巫士導師安東尼歐先生。他是少數仍然在世的拉依卡，將我留在他的身邊訓練了將近二十五年。他身兼數種角色，白天是大學教授，晚上是巫醫大師。他出生在一個高山村落裡，用十五世紀的工具和方法工作，但也熟悉二十一世紀的生活方式。雖然他是印加人的後裔，卻常常告訴我，拉依卡比印加的歷史要悠久得多，印加文化是男性和軍國主義的文化，而拉依卡的教義則來自於更早的時代，他們明白神性（the divine）的女性面。我有一次告訴他，覺得自己能遇到他是件非常幸運的事，他說：「你憑什麼覺得是你找到了我，如果教會在過去五百年中都沒有找到我們？」

本書呈現了安東尼歐傳授給我的教導——現在，我身為地球守護者，為了幫助你準備好進入目前來臨的進化時期，我願意與你一起經歷古人所預言的巨大轉變。

發光人類新物種

根據馬雅、霍皮和印加預言，人類正處於一個歷史上的轉捩點。馬雅人認為，在西元二〇一二年，所有的混亂與巨變會達到頂點，在這個時期，一種新的人種將會衍生出來。我們將進行一次量子躍，從「智能人類」（Homo sapiens）躍升為

「發光人類」（Homo luminous），物質世界是由更高層次的光與振動所組成，發光人類有能力感知到這些光與振動。此時，人類不是以代代相傳的方式進化，而是在一個世代的時間內進化，這是有史以來的第一次，跟我們以往對進化的概念大不相同。我們將在自己的有生之年中，進行一次生物上的量子跳躍，而且把所獲得的身體、情感和心靈的特徵，遺傳給我們的孩子和他們的後代。

如果這些聽來令人難以置信，那麼請想像一下，由於身體上的細胞會自動更新，所以大約每八個月身體就會產生一個全新的複製品。藉著遵循本書中的四個洞見，並進行相關的練習，你就能展現一個新的身體，讓你擺脫從父母得來的遺傳基因和疾病的必然束縛。更重要的是，你能不受過去感情和靈性經驗的限制，這些經驗都是在生活中不斷承接與吸收進來的。

由於量子物理學的新發現，我們已經知道所有的物質都是密集聚合的光。然而，治療者們在幾千年前就已經知道了這個事實——他們知道，振動和光能自行組合成上千種形狀和形式。首先，有一個發光的母體（luminous matrix），然後從這個類似藍圖的母體誕生出生命。例如，振動和光在發光的母體周圍旋轉和凝聚，一頭鯨魚因此誕生，然後這條鯨魚會生下其他鯨魚。

人類身體也有一個發光母體：我們被一個發光能場（luminous energy field）所包覆，從它顯現出形體和健康的身體。發光能場組織身體的方式，就像磁鐵的能量場把玻璃上的鐵屑整齊排序一樣。如同前述的鯨魚一例，人類能衍生其他人類，但一個新類型的人種必須來自一個新的發光母體。數千年以來，治療者們學會如何取得光中的生物藍圖，並幫助大靈（Spirit）創造。他們也懂得如何治療疾病，造就極佳的健康狀態，並藉由改變發光能場來建構和塑造自己的命運。

我們可以把發光能場當作是為向基因（DNA）發出指令的軟體，而基因是製造身體的硬體。掌握了治療者的洞見，能讓我們獲取最新版本的軟體，創造出新的身體，這個新身體會以不同的方式衰老、療癒和死去。如果未能重新設定發光能場，我們會受困於所繼承的故事：我們會以父母、祖父母的方式衰老、療癒、生活和死亡，重複他們的身體疾病和不安的內心生活。書中的「四個洞見」可以讓我們擺脫家族詛咒的束縛，卸下祖先們心中的陰影。

治療者們掌握這些洞見後，甚至能在地球上創造出新生命——例如，在亞馬遜叢林誕生新品種的蝴蝶，或是當年在高山上建立印加城時，治療者能夠將建造所需的巨石搬到山上。《聖經》說我們的信心能夠移動大山，但我們已經忘記自己有這樣的能力。所以，這些洞見教導我們必須破除的第一個障礙，就是使我們無法覺知光明本質的那座山。

在成為發光人類的過程中，我們將放棄征服者的行徑，摒除崇尚命令、控制和統治自然的男性神學體系，這種神學體系認為剝削大地的河流和森林是正當的，認為它們僅是供人類消耗的物質資源。因此，我們需要有所改變，去接納一個更古老的神話，一種合作與相互支持的女性神學體系，雖然對絕大多數人來說，這是早已失傳的神話。

回歸神性的女性面

神就賜福給他們，又對他們說，要生養眾多，遍滿地面，治理這地，也要管理海裡的魚、空中的鳥，和地上各樣行動的生存物。

——《舊約・創世記》第一章二十八節

目前的宗教傳統崇尚神的男性面，神被視為是一種高居天堂的力量，與我們相距遙遠。在西方，人們相信，想要接近上帝，就必須藉由祈禱與犧牲奉獻，努力跟祂維繫好關係，因為我們曾經大膽吃了生命樹上的果子，而被趕出天堂，所以我們需要去贏回造物主的愛和關注。根據這個古老的故事，我們在神的眼裡應該始終是個孩子，所以，當我們品嘗上帝禁止我們品嘗的果實時，我們展現了自己的獨立意志，激怒了祂，於是注定要過著辛勞和悲慘的生活，只有上帝的恩典才能減輕我們的痛苦。

然而，在更遠古的女性神學體系中，我們從來沒有被逐出花園或與上帝分離過（例如，澳大利亞土著並沒有被逐出伊甸園，撒哈拉四周的非洲人或美洲土著也沒有）。相反地，上帝給我們花園，是為了要我們管理它和看顧它。根據這些更為古老的信仰，神將祂的生命力注入種子之中，讓我們可以在富饒肥沃的大地上種植。當我們帶來供養人類的果實，我們就是在表達這種潛能，擴展這種神性。治療者們信奉這種神學體系，並說道：「我們在這裡除了種植玉米，還培育著神。」換句話說，我們實際上是和神共同參與了宇宙的創造，而且，在這世界中的一切事物，包括我們自己，都是神聖的，我們的工作就是讓這種神性發揮得淋漓盡致。

在歷史的進程中，這兩種截然不同的神學體系，讓人類以不同的方式對待同胞與大地。例如，當歐洲人來到美洲時，他們發現了一片遼闊、無人居住的大陸，這片大地有著清澈的河流和眾多的動物，他們相信，上帝慷慨地把這豐饒土地賜給他們，讓他們隨心所欲的享用。事實上，超過一億的土著居民早已居住在這片土地上，與四周的環境和諧相處。土著居民信奉女性的神學體系，他們相信只要能與大地和諧共處，大地之母就會提供他們生活所需的一切。

第一批前往美洲的移民並不害怕長途跋涉——從亞洲旅行到北美洲，最後抵達南美洲——因為他們相信，無論走到哪裡，都會有充足的食物和庇護所，因此他們狩獵、聚居、學習種植農作物。當他們在數千年前開始辛苦的長途跋涉，穿過白令海峽，在美洲大陸定居下來時，地球守護者們把這種智慧帶到了這裡，範圍包括從美洲最北端的阿拉斯加到南美洲尾端的巴塔哥尼亞。這些智慧源自於喜馬拉雅山的聖殿，並被勇敢的旅行者們帶到了美洲大陸。

當村莊擴展為城市時，男性神學體系出現了，一種新的意識開始占據著主導地位。這種意識認為，只獲得足以維生的資源是不夠的，為了獲得更多土地和財富，人們開始攻擊鄰居；於是貪婪開始成為主流，男性神學體系的信奉者認為，世界上所有的食物都該歸他們所有，他們處在食物鏈的頂端，而不是食物鏈的服務者。

在歐洲，這些觀念在六千年前隨著中亞印歐民族來到歐洲，他們相信自己所進行的侵略和征服具有神的正義（事實上，他們用來戰勝他人的刀劍，後來倒轉過來成了十字架，變成十字軍的象徵）。侵略者們覺得，因為他們崇拜了「正確的」上帝，所以他們對資源享有神聖的權利，甚至宣稱他們殺害不願改變信仰的異端敵人，是為了尊崇他們的造物主。

之後，歐洲人的戰爭技術有了長足的進步，十六世紀時，佛朗西斯科·皮薩羅（Francisco Pizarro）和荷南·科特斯（Hernán Cortés）抵達新世界，不到四百人的軍隊以槍砲、鋼鐵、馬匹以及……細菌，打敗了阿茲特克和印加帝國。治療者逃到深山裡，將古代女性神學隱藏起來，他們知道，總有一天要回到山谷中，向人們重提古老的生活之道。

地球需要復元

如今可看到男性神話所形成的破壞，世界上的森林正被快速砍伐，水域與空氣遭受污染，地表被侵蝕。因為全球暖化，氣候正在改變，導致非洲乾旱加劇；颶風更加肆虐；每年都有比過去五百年多百倍到千倍的動植物物種從地球上消失。

治療者告訴我們，很久以前，對於人類來說，我們的星球是一個有毒的地方，但是大地之母將這些毒素埋進了她的肚子裡，讓地表變成天堂般的藍天綠地。根據古代的知識所言，征服者終有一天會將這些毒素釋放出來，使大地變成一片有毒的荒原，而且人類不知道該如何處理這些毒素，所以大自然必然需要慢慢復元她的健康。

現代科學證實了這個預言，在兩億五千萬年以前，地球的大氣主要由二氧化碳所構成，這對人類來說是種劇毒。後來，當綠色生命出現時，植物把二氧化碳轉化成氧氣，讓空氣中的碳原子轉而束縛在植物裡，後來植物被埋到地底去，變成了石化燃料。我們將這些石油從地球深處的巨大油田中取出，當作燃料，將有毒的碳氫化合物釋放到大氣中。環境再次漸漸變得令大多數生物無法生存，而我們並未真正採取行動來扭轉這種可怕的情形。事實上，當全球暖化、兩極的冰帽溶化時，許多人正在急切地準備在那裡開採石油。

幸運的是，一場找回古老女性之道和價值觀的運動正在進行，有許多人拒絕像金字塔一般的指揮系統，這系統是男性神學體系的核心——即要求人們必須聽命於神父，神父必須聽命於更高階的神父，更高階的神父必須聽命於教宗，教宗聽命於上帝。有些人則是拒絕接受科學家們所宣揚的信念，科學認為所有無法用五感衡量、知覺、控制的事物都是不真實的。所以人們開始不再懷疑自己的內心，不再覺得必須相信教條或他人對神聖的解釋，他們正在開始向內看，向自然尋求指引。

耶和華說，那人已經與我們相似，能知道善惡。現在恐怕他伸手又摘生命樹的果子吃，就永遠活著。耶和華神便打發他出伊甸園去，耕種他所自出之土。

——《創世紀》第三章第二十二～二十三節

在女性神學體系中，通往覺悟之路是一條個人化的道路。我們被期望相信自己的經驗、覺知與理解。治療者跟男性神學體系信仰者一樣，都非常重視祈禱和冥想，不過他們還知道有第三條通往靈性的道路：就是藉由直接的體驗所產生的知識。治療者不認為神因為人類偷吃生命樹上的果子（吃了那果子便有能力分辨善惡）而懲罰人類，相反的，他們相信，我們原本就該去尋求智慧，而且，我們的錯誤在於果子吃得不夠多！

在資訊時代，人們並不相信超出現實以外、不符合邏輯的事。雖然有宗教信仰——以及眾多的信奉者，但是，這些宗教的教義裡頭的精神本質，常常已經遺失殆盡，我們學到的真理是後人經過好幾手的詮釋，還對這些觀念加以分析與解剖，但是，我們並不會像耶穌一樣走進沙漠，在沙漠中待上四十天，或像佛陀一樣在菩提樹下打坐冥想。這就好像我們花很多時間細讀千百本充滿複雜配方的食譜，並且沒完沒了地討論某些食物和飲食的營養價值，可是卻不曾真正去吃每種食物。許多人失去對神聖的直接體驗……但是，幸運的是，藉著練習這四個洞見，我們就能夠做到這一點。

治療者的四個洞見

拉依卡的智慧由四個洞見組成，每個洞見都包含四個練習，能讓我們超越單純的理解、進入實際體驗知覺的轉變，因而幫助我們轉變自己和我們的世界。這些洞見和練習是：

第一個洞見：英雄之道，練習：不批判，不受苦，不執著，美。

第二個洞見：光的戰士之道，練習：無畏，無為，確定，不涉入。

第三個洞見：看見者之道，練習：稚子之心，念及後果地生活，透明，誠信。

第四個洞見：聖者之道，練習：掌控時間，掌握你的投射，不妄念，土著煉金術。

我在安東尼歐的指導下，學習了這四個洞見。我們一起從「在世界頂端的海洋」——的的喀喀湖開始旅行，經過亞馬遜叢林，來到祕魯沙漠中的古國遺址。他和我都相信，新的地球守護者將會來自老鷹的土地——也就是來自美洲和歐洲。現在時候到了，這些洞見將一一揭曉。我相信，安東尼歐訓練我是希望我成為一座橋樑，將這些來自古代治療者的智慧教導帶入二十一世紀。

在過去二十年中，我已經教導我的學生們將這些洞見用於他們個人的治療中，並藉著調整身體的發光藍圖來協助他人獲得療癒。其中有許多人告訴我，他們獲得顯著的結果，療癒了自己，並轉化了他們和其他人的生命。這些洞見已讓他們成為擁有力量和恩典的人，並像地球守護者一樣做著服務工作。

如果你想要開始過不同的生活，並且用新的眼光來感知你的經驗，那麼就不能只是單單了解這些洞見，重要的是要真正去實踐，這會讓你改變你的發光能場的核心結構。如果你不實踐，你也許會受到這些洞見的啟發，但並不能真正轉化自己。掌握這些能量上的練習，將會讓你擺脫文化和基因對你的人生所設下的限制——包括你的生活方式、如何對周圍的世界做出反應，以及如何死去。你可以成為自己人生劇的創造者，對抗因果和時間限制的舊觀念。

在以下章節中，你將了解到，振動和光如何通過四個層次創造了所有的生命，這四個層次是：蛇的層次、美洲豹的層次、蜂鳥的層次和老鷹的層次。同時你會學習到實用的工具，幫助你將夢想中健康、豐富和快樂的世界化作實相——為你自己、為你所愛的人，也為所有人和所有生命。你將會成為一個地球守護者。

第一部
了解你所感知的能量

第1章 用感知來改變世界

科學中，我們相信宇宙是依據一套規則在運轉，於是我們循著此規則預測未來發生的事，並作出適當的回應。物理學有它的法則，數學有它的定理，生物學有它的準則。例如，數學原理規定，二加二總是等於四，而物理法則向我們保證，物體絕不會向上墜落。

在所有的科學法則中，最重要的或許就是因果法則或因果律。也就是說，當一個蘋果從樹上掉下來時，我們知道它會落到地上；當一隻鴿子在我們的汽車上方拉屎時，我們可以確定，鳥糞會直接落在汽車的擋風玻璃上；當我們意外的忘記和某人的約會時，我們知道，對方會生我們的氣。於是我們就以此推論而認定，如果能應用與學習所有的規則，把它們當作生活的準則，我們就能牢牢的掌控好我們的生活，並為此感到快樂與安全。

當這些規則被破壞，二加二似乎並不等於四的時候，我們會感到氣憤和迷惘。因為我們被教導著，如果按照正確的方式生活，就能活得長久，所以我們無法理解為何一個健康的年輕人會死。雖然我們不能掌控所有事情，但相信只要做了該做的，壞事絕對不會發生。因為我們相信，因果律是一個可靠的自然法則，我們依照法則生活，很少會違背這些法則。

然而，對治療者來說，「同時性」（synchronicity）是生活的主要運作法則。他們相信，雖然事物因為某些較早的因素而有發生機率（例如，種下一顆玉米種子就會長出來玉米），但常常也因巧合、奇緣和環境而發生。如果兩個朋友碰巧在熙來攘往的機場相遇，那麼，一定有一個原因使他們相遇，儘管巧遇的原因隱藏在未來，現在尚未顯現。

我們都希望能影響世界，讓世界變得更好，但環顧四周，處處充滿問題——犯罪、污染、虐待兒童，因為我們是一個有制度規範的社會，所以相信法律和宗教戒律會幫助我們改善這種情形。例如，美國人選出國會議員，每年通過愈來愈多的法律，希望這些法規能使公民的生活變得更好。

相反的，古希臘人是一個依據理念生活的民族——他們知道，理念的時代已經到來，沒有什麼能像理念那樣強而有力。他們能夠極其優雅地駕馭理念，所以發明了民主政治、哲學，並將數學系統化。然而，他們的鄰居羅馬人是偉大的立法者，羅馬的法典影響了許多現代西方法律。面對問題時，希臘哲學家們構思出新的系統，而羅馬人則命令軍隊去執行法律。

治療者並不按照規則或理念生活，不會藉著通過新法律或提出新理論來改變生活，相反的，他們選擇改變他們感知問題的方式，將挑戰轉變成機會。在本書後面的章節中，你將會學習到四個洞見和相關的練習，這將幫助你改變你的感知，並能讓你將你夢想的世界化為實相。

四種層次的感知

在蛇的感知層次上，地球守護者學會以一種獨特的方式體驗事物，他們不認為事件的發生是針對個人而來。事物不再是發生在你身上，它們僅僅只是發生了。鴿子並不是故意要讓你心煩而在你汽車上方拉屎，牠只是拉屎而已，剛好把你的擋風玻璃弄髒；雨並不是故意要把你淋濕而下在你頭上，只是剛好下雨而已。

當你改變感知層次來看某個經驗時，也改變了這些經驗對你的影響。你不再是事件的因或果，而能跳脫因果、對一切感到釋懷，因為世界本是如此，你並不需要去刻意扭轉它。

在西方，我們將感知分成數十種我們熟悉的覺知狀態。例如，剛睡醒或者將入睡時，是處於某種覺知的模式；當我們在作白日夢時，又是另一種；發怒時則又不同……等等。在每種覺知模式裡，頭腦的某個區域會處於活躍狀態——因此將它們稱作「意識狀態」，屬於心智的產物。然而，各種層次的感知分別獨立存在於心智裡（事實上，第二種感知層次是美洲豹的層次，它包含了心智和心智中所有的意識狀態）。

治療者藉著這四種層次的感知在世界上活動，它們和光與振動所顯現出來的四個領域相對應：物質世界（我們的身體）、思想和理念的世界（心智）、神話世界（靈魂）和靈性世界（能量）。這些層次與組成人體能量場的四個能量體有關。它們像俄羅斯娃娃一樣層層相套，肉體在最裡面，心智體（mental body）包著肉體和形成身體的殼，靈魂包著心智體和肉體，靈性體（spiritual body）在最外面，就像藍圖一樣，架構與形成這四個能量體。當感知層次轉為更高時，我們依然保有在較低領域行動的能力，卻能用更寬廣的視野來看待眼前正在經歷的一切。這讓我想起一個故事：

有一個旅行者遇到兩個石匠，他問第一個石匠：「你在做什麼？」第一個石匠回答：「鑿石頭。」然後，他走到第二個石匠那裡，問他：「你在做什麼？」第二個石匠回答：「我在建造大教堂。」換句話說，兩個人雖然在做相同的工作，但其中一位知道他可以選擇或成為一個偉大夢想的一部分。

愛因斯坦曾經說過，我們生活中所面對的問題，無法在它們發生的層面上加以解決。若要解決問題，則需以更高的感知來幫助我們找到解決之道，化解衝突，療癒疾病，並體會到萬物一體。在達到這樣的覺知前，我們只有煩惱和分裂。

在這一章中，你將會學習到在物質世界、在你的頭腦中、在你的靈魂裡遇到的每一個問題，都有靈性層面的解決方式。重新換一個工作，並不能去除你人生的匱乏之感；了解你兒童時期的創傷，並不能治療被遺棄感或憤怒感。只有進入比產生問題的更高層面，才能解決這些問題。

治療者把每個感知層次用一種動物來對應，每種動物代表了某些力量和能力，若是獲得這些力量和能力，則能影響此層次的實相（每個層次也有它自己的語言，我們能熟練這些語言），現在讓我們來詳細了解每個層次。

一、身體和物質層面的感知（蛇的層次）

蛇是一種直覺的動物，感官敏銳度極高，牠能信賴自己的感覺知道哪裡有食物、哪裡有掠捕者。同樣的，在物質世界裡，人類倚靠著感官來了解自己和這個世界。這是一種物質面的感知，在這個層面上，每一樣東西都是實體的、堅固的、很難改變的，實相是百分之一的靈性和百分之九十九的物質。

蛇的感知可以讓我們看見、觸摸甚至聞到眼前的物體，比如說，我們眼前有塊麵包，它是實體的存在，不會引發我們去想像金色麥穗、揉麵糰的麵包師傅或是烤麵包的火焰——我們只是看見一樣能消除我們饑餓的東西。同樣的，我們並不把性視作一個愛的行為，而是肉體欲望的滿足。

在蛇的層次上，我們以分子與化學型態的語言來描述實相，比方說用科學的方式描述一塊麵包：「一種由穀物、酵母和其他成分製作而成的可食用的物質，或是，一種具有特定化學成分的東西。」我們也能把麵包說成是一種食物，如果肚子餓的時候，自然會想吃它。每樣東西都是如實的呈現：麵包就是麵包；鴿子拉屎就是鴿子拉屎。

當我們只從蛇的眼睛看問題時，則會設法想出實際的解決方法。例如：換工作、換新車、找個新的合作夥伴或是新戀情。如果頭痛了，就給它貼上一個「偏頭痛」的標籤，然後去吃藥。如果在課堂上看見一個孩子不乖，從位子上跳起來和同學打架，我們就給他貼上「頑皮」的標籤，並處罰他。這些解決方法有時候是有效的，但往往是過於簡化。

在蛇的層面上，我們完全倚賴自己本能的感覺，不作更深入的思考。我們只運用和蜥蜴及恐龍共有的那部分的腦——也就是說，我們只察覺到身體，卻沒有認知到心智的、具創造力的和靈性的自我。在這種狀態下，我們感知外在的形式，只接受顯而易見的事物，無法察覺到對自己和他人的情感。我們欠缺豐富、綜合的思考，只是在單純的行動和反應，這種狀態在日常生活中是很有用的。畢竟，我們需要支付帳單、修整草地、送孩子上學，對這些例行事物無須探究更多的意義。而且，正如佛洛伊德說過的一句名言：「有時，一支雪茄只是一支雪茄。」

蛇具備高度的生存能力，對於我們度過眼前的危機尤其有幫助。我們讓爬蟲類的頭腦來主導，憑著生存本能運作，我們無須浪費寶貴的精力去思考、分析或情緒受困擾。我們都知道，碰到一個拒絕在這個層面上運作的人會有多麼困擾，這種人選擇去解讀瑣碎事物的深層意義，而不是實際把工作做完。

蛇的本能也能幫助我們，因為在我們有意識地感知到危險之前，本能會提醒我們，當我們對一個人或一個地方有「不好的感覺」時，不知道為何就會想要避開這個人或是這個地方；又如當我們感覺到前面路上有警察正拿著雷達測速器時，我們會把腳從油門上移開。

蛇的層次是最基本需要掌握的狀態，因為在物質世界裡，我們要能有效率的、實際的處理生活中的事情。但當我們為了生存而不惜一切想要掌控時，別人並不喜歡親近我們。我們會以最直接的方式來表現我們的安全感，諸如銀行帳號裡要擁有一筆鉅款和不動產，於是我們變得貪心、吝嗇和多疑。我們退縮並武裝起來，在別人攻擊之前先發制人，蒐集武器，築起圍牆。事實上，考古學家們在發掘新石器時代遺址時，發現人類最早建造的防禦工事，不是用來保護自己不受敵軍的攻擊，而是防範他們從蛇的層次感覺到的無形鬼魂和危險。

遺憾的是，數千年來，多數人一直是在蛇的層次上生活。例如那些按字面意思解釋《聖經》和《可蘭經》的人們，遵照這些經典的指示去屠殺異教徒，他們依然生活在這個層次裡。很重要的是，若為自己和這世界的好，就要將我們的知覺向上提升，因為蛇屬於「以眼還眼，以牙還牙」的冷血領域。

二、心智和情緒上的感知（美洲豹的層次）

下一個感知狀態是美洲豹的層次，就是詮釋我們的實相的心智。我們知道心智能創造出心因性的疾病，也能復元身體的健康，而且，壓抑憤怒能導致癌症，正面的心態會給自己和周遭的人帶來喜悅和平安。由於我們的經驗受到思想的影響，在實相世界中，萬事萬物並不一定如表象一般。

現在，當我們看著一塊麵包時，知道它來自於麥田和麵包師，而且會想到多種可能的結果：我們可以選擇吃掉它，或把它放入冰箱留到以後再吃，或把它包起來送給窮人；也可以塗上奶油和大蒜，再放進烤爐烘烤，或者做些不尋常的事情，比如說，用它來砸人，用食物打架。但是，我們學到過某些與麵包有關的信念，而且這些信念會影響我們如何使用麵包。我們知道浪費食物是不對的，因此，我們很快就排除為了好玩而用它來砸人的誘惑。

簡單來說，我們知道自己能有所選擇，且這些選擇受到我們內在既有信念的限制。我們也了解麵包所象徵的意義，例如：它代表著生命，是「生命的麵包」；我們用「白麵包」這個詞來代表一個沒有內涵或個性的人。當我們說：「我沒有麵包。」其實是表示缺錢。一塊麵包所代表的意義，不只是填飽肚子，就像性行為所代表的不只是對於生理需求的滿足，它可以是一種親密的行為。

信念、觀念和情感的領域與美洲豹有關，因為這種感知能突然轉變情境，讓我們用新的眼光看待這些情境，而美洲豹代表驟然變化的原型。當美洲豹發現牠的獵物時，會發起突襲，並且迅速結束獵物的生命——這有助於保持其他動物的數量不至於過多，以維持雨林內的生態平衡，使其他物種能夠繁衍起來。同樣的，單單一個洞見就能將我們從負面的感情中釋放出來，或者突破陳舊的、阻止我們前進的運作方式。

美洲豹的本能和蛇的本能不同，蛇的本能只關心生存和自保。美洲豹是好奇的——貓科動物的本能引導我們走向正確的人和情境（如果這項本能是有缺陷的話，我們會走向錯誤的人或情境）。美洲豹的感知與哺乳類的腦有關，具有愛、親密、家庭、關心和同情等等深刻的感情和情緒，但它也是侵略、迷信、護身符、符咒、占卜者、諾查丹馬斯和成吉思汗的思維方式。美洲豹的語言是說話或書寫文字，我們用它們來形成和表達觀念、信念和感覺。在這個層次上，我們了解符號和象徵，並認為某些聲音是有特定意義的語言。

在美洲豹的層次，我們知道可以把魚拿給飢餓的人吃，但更實用而長期的解決方法是教會他如何捕魚，或者是把麵包拿給一個飢餓的孩子吃，但卻知道，一個人不能只靠麵包生活。當我們感知層次提升時，就會看到，在任何情境中都有更寬廣的可能性。例如：如果我們得了偏頭痛，就會自問：「是什麼原因引起的？我的身體想要告訴我什麼？」

正如身體層次包含在心智層次裡，在美洲豹的層次，我們結合了在蛇的狀態中的經驗。所以，在頭痛時不僅感到難受，也會思考是否吃了可能引發頭痛的東西，比如，巧克力或紅酒。我們會想，偏頭痛是否是另一種問題的症狀——也許我們承擔了過多的責任，或者在擔心我們的生意，或擔心與配偶的爭吵，而我們的身體透過產生頭痛來回應。

當我們經由美洲豹的眼睛，來看上課不乖的小孩時，我們會問：「他真的不能安靜地坐好，一定要讓自己的手亂動嗎？如果真的如此，這是為什麼？」我們會想，孩子是否吃了很多糖，身體有強烈的衝動要運動，是否他覺得老師的教學內容很無聊等等。我們對情境比在蛇的層次上有更多的感知；因此，我們就能想到更多的解決方法。我們對不乖的小孩不只是處罰而已，還要確認在他坐下來專心上課前，吃了健康的早餐，並有機會好好的活動。也就是說，我們並不只是給他一粒止痛藥——我們學會了拒絕不相干的責任，表達出一直壓抑著的憤怒。因為我們擁有更多的可能性，所以能做出有效的改變，解決更多的複雜問題。

三、靈魂和神聖的感知（蜂鳥的層次）

接下來是靈魂層次的感知（它也含有前面兩個層次）。這個層次的語言是意象、音樂、詩歌和夢境——它是神話的國度，在這裡，靈魂能在一個神聖的旅程上體驗它自身，因而用蜂鳥來作為象徵。蜂鳥雖然很小，但牠每年能從加拿大飛行數千英里遷徙到巴西。蜂鳥從不會失去方向感和前進的動力，也不會懷疑自己是否擁有飛行所需的食物和力量。在這個神話的國度，所有人都像蜂鳥一樣，在一個壯麗的航程中，只渴望取飲生命的甘露。當我們沒有認知到我們的旅程是神聖的時候，就會陷入心的層次及心智對世界的複雜分析中。我們從蜂鳥的層次上，能將所有經驗視為一個如史詩般旅程的一部分。

蜂鳥的感知狀態與大腦的新皮質有關，是人類頭腦最新增加的物質。新皮質在大約十萬年前進化出來，負責我們的推理、想像和創造的能力。它是伽利略和貝多芬的腦，是科學、藝術和神話的腦。

在靈魂的層次上，對於我們無法用心智解決的問題，答案會突然變得明顯。例如幾年前，在祕魯的人們開始覺得，他們吃了好幾代的便宜、健康、自製的全穀麵包，不如富人們所吃、商店裡賣的、經過精細加工的白麵包來得好吃。結果，他們就改吃不利於健康的白麵包，對人民的健康造成不良的影響。

祕魯總統原本可以嘗試在心智的層次上解決這個問題，並透過一場「黑麵包有益健康」的公關運動來說服人們，或者他也可以與立法機構合作，通過法律，提高白麵包稅收來迫使人們購買更便宜的黑麵包。但是，他選擇了在蜂鳥的感知層次上為此情況發表演說。

總統知道，對於國內的村民們來說，白麵包已經變成了成功和特權的象徵，而黑麵包則是貧窮和平凡的象徵。他必須改變人們對白麵包的認知，因此，他拍了一個電視短片，向大家展示他和他的家人在總統府吃飯的時候，吃的是黑麵包。他知道，這個畫面會傳遞一個訊息：黑麵包是成功者和特權者的食物，結果，這個短片確實達到了預期效果。因此，祕魯的國民又改回吃黑麵包，因為這是國王吃的麵包，而不是農民吃的麵包！

當我在祕魯的餐館吃飯時，總是將桌上吃剩的麵包打包拿去幫助別人，給需要的人吃，因為這也許是他們一天中唯一的一餐。有一次，當我和一位年長的治療者一起旅行時，來到一個公車站，幾個孩子圍著我想討些硬幣或糖果。我從袋子裡取出麵包分給他們，但是年長的治療者告訴我：「麵包並不是這些孩子們需要的食物，我們的人民需要的是靈魂的食物，而不是胃的食物。」他從我手上把麵包拿過去，親自分送給孩子們，但同時也向他們講述關於他們印加祖先的故事。後來，老治療者解釋：「這些故事是他們渴望的營養，我給與他們的不是今晚會餵飽他們的麵包，而是在他們一生中都會滋養他們的麵包。」他是以蜂鳥的眼睛在感知——對他來說，這些故事就是靈魂的滋養品。當他看見我拿出麵包時，他在神聖的感知下介入，向孩子們講述他們民族的神話。

在靈魂的層次上，事物本是一種神聖的表達。一座房子不只是你頭頂上的屋頂，它是一個家。配偶不只是一個與你分擔家庭責任和養育孩子的人，更是你選擇的夥伴，一個偉大旅程上的同行者。在這種狀態，你看著麵包，會問：「我是真的餓了想吃麵包，還是渴望獲得它所代表的滋養？」你能夠了解將麵包與他人分享的重要性，當世界上還有人在挨餓時，你就不可能真正吃飽。

在蜂鳥的層次上，我們聆聽談話裡隱藏的訊息與弦外之音，我們藉由隱喻來運作，因此偏頭痛發作時，就會問自己：「是我瘋了嗎？什麼事在我的腦子裡縈繞不去？這是什麼信號？」在中醫裡，據說未表達出來的憤怒會留在我們的肝臟中，因此如果肝臟有問題，表示這可能是我們壓抑憤怒的一個信號。所以，如果我們的肝功能不佳，不僅要問：「我該服用什麼藥？」也要問：「我要如何才能實踐寬恕，寬恕自己也寬恕他人？」我們知道疾病是警訊，告訴我們需要注意正在發生的事情，所以，我們不單單只是去治療症狀而已。

當我們透過蜂鳥的眼睛看見一個過動的孩子時，會問：「如何把這個孩子的『問題』變成一個正面的機會？」我們知道，讓一個過動的孩子服用立得寧

（Ritalin），可以讓他坐在位子上專心聽老師講課，但這種藥物會奪去他天生能同時進行多重任務的能力。在叢林中，這個孩子的「問題」行為或「學習上的缺陷」，實際上會是他的資產，使得他能夠同時聆聽鳥兒相互鳴叫、瀑布聲、與人交談，對潛在危險保持警覺。在蜂鳥的層次上，我們把這個孩子的無法專注，視為在他靈魂旅程中無價的天賦。

在這個層次上，我們感覺到我們全都走在一條成長與療癒的旅程上，一路艱苦跋涉，一生中渴望著回到這神聖安寧的境界裡。如果我們得了偏頭痛，我們會問：「這個頭痛想要我進行什麼樣的治療？」可能是要我們少吃巧克力，服用藥物，和不再讓自己緊張；也有可能是，治癒我們頭痛的方式會是跟一個更大的旅程有關：也許我們需要告別一段不愉快的人際關係；也許該是搬離偏僻鄉下的時候了，因為在鄉下我們無法找到工作，無法融入當地的社群；或者，我們需要放下對父母的失望和憤怒，並放下害怕自己正在變得和他們一樣的恐懼。我們藉由修補靈魂來治療頭痛，看到會把我們帶回健康的道路，於是我們走上一個療癒的旅程。

蜂鳥要比美洲豹更能帶來改變，所以觀想比背誦肯定語更有力得多。當你想要讓自己確信未來有著如你所願的結果時，你就只需要從蜂鳥的感知狀態對它做一次觀想。如果從美洲豹的狀態，你需要重複唸誦數十次甚至數百次的肯定語，才能達成相似的結果。

四、靈性的感知（老鷹的層次）

當老鷹在山谷上空盤旋時，能看到樹木、岩石、河流甚至地上的高低起伏……但也能看到兩千英尺下的一隻老鼠。老鷹既能看見全貌，又能看見細節的能力，代表著靈性層次的特質。

在老鷹的層次，實相是百分之九十九的意識和百分之一的物質。只有極少的形式或物質，老鷹的語言就是能量。與這個層次相關的腦的部位是前額葉的大腦皮質層，一些神經學家把它稱作「神腦」。在老鷹的層次，不再會有接受麵包的窮人和給窮人麵包的富人——而只有靈性之間彼此的滋養。我們與地球或其他人不再是分離的個體，個別的靈魂認知到一體性，隔閡就消融了。

我把這個感知層次稱作「突然消失的狀態」，因為在這個感知層次，物質完全消失了。當我們看見過動的孩子時，我們並沒有看到疾病或問題——只看到神化身為這個孩子在體驗著祂自己。當你問一個治療者是誰，她會告訴你：「我是山，我是河，我是老鷹，我是岩石。」在美洲豹的層次，她覺得自己正從失去心愛的人的悲痛中復元，但在老鷹的層次，她知道她是神的化現，因此，她會努力要永遠的處於老鷹的高度上。

當我們面對困難時，愈是能接近靈性的層次，就愈能以更少的能量來產生改變。向後看結果，我們看到戰爭；但往前去看起因，則是見到人與人之間的動盪不安，這種不安會把我們引向戰爭，處理不安全感要比處理戰爭來得容易多。就像是污染的問題，向上追溯，為何我們要使用塑膠並丟棄到土地裡。在蜂鳥的層次上，我們堅持回收再利用；在老鷹的層次上，我們自問為什麼不徹底杜絕使用塑膠包裝。當我們的孩子在法律或人際關係方面有困擾時，若深思根源，則是我們如何能以身作則教育小孩，懂得去理解和尊敬他人。

在較低的感知層次上，我們會試圖想出一個方法，避免戰爭或污染，治療那些覺得被剝奪權利的人，或改變那些堅持不回收垃圾的人——但是在最高的老鷹層次上，我們確實能夠達成和平、療癒與美麗，並顯現為清澈的河水，不再有我們與環境或他人之間的分離感。

將夢想化為實相

在這個最高層次上，有關實相本質的傳統觀念會消失，若想了解這個層次的感知，可以去了解量子力學。物理學家們發現，在次原子層次，物質並不是我們所認為的那麼堅固而具體。換句話說，堅硬的桌子一點都不堅硬，而是由嗡嗡作響的粒子和波組成的集合體。瓦納・海森堡（Werner Heisenberg）是第一個提出這個觀念的人，他的「測不準原理」令物理學家們感到困惑，這個理論認為，當我們觀察一顆電子並測量它的速度時，會改變它的位置。所以如果我們預期一顆電子像粒子一樣運動時，它一定會這樣運動；如果設計一個實驗，要電子像波一樣運動，並同時擊中兩個並列的目標，它的表現就會和我們期待的一樣。

這個發現讓包括愛因斯坦在內的許多科學家感到相當困擾，愛因斯坦宣稱上帝不和宇宙「玩骰子」。然而地球守護者們始終知道，我們對世界的感知決定了它的本質。

換句話說，量子物理學家和地球守護者都認為，這世界正夢想出這現實的實境，即使這是又深又長的一覺：松鼠正在作這個夢，魚正在作這個夢，我們也正在作這個夢——甚至石頭也正在作這個夢，儘管這一覺睡得又深又長。量子物理學解釋了這是如何發生的；而治療者則告訴我們如何才能做到。物理學告訴我們，水如何化作一團蒸汽，而治療者則教我們如何讓天空開始下雨。

人類是藉著自己的感知在體驗實相，這種感知狀態有別於麋鹿或石頭，據說一些印加治療者能夠變身，變成美洲豹或老鷹，在叢林中潛行時，可以感覺植物吹拂過他們的身體；向山谷俯衝下去時，能夠感覺到風急速掠過他們的翅膀。他們變身的原因是想以另一種生命的眼睛來看世界，察看山的另一面是否有河流，了解禿鷹瀕臨滅絕的原因。

在物理學中，混沌理論說明了，加勒比海的一場熱帶風暴真的會是由北京的一隻蝴蝶拍動翅膀所引起的。要改變一場五級颶風（或末期癌症）是非常困難的，但地球守護者知道，在老鷹的層次上，當颶風還只是蝴蝶翅膀邊上的微風時，我們就能穿越時間發現這颶風——也就是說，我們甚至能夠在風暴出現前就治癒它。這就是來自老鷹王國的禮物：時間不存在了，因此，我們能在事物形成之前改變它們。我們能在能量化為有形的物質前，就先將夢想化為實相。

運用不同層次的感知

雖然我們能夠與這四個層次的感知產生互動，但是多半只局限在肉體層面上，或頂多到心理的心智層面而已。我們相信只要找到合適的對象，就能治癒我們的不幸，或者，我們無法堅持控制飲食的原因，是因為父母以前沒有給我們適當的營養。偶爾，我們能從蜂鳥的層次感知，並聽到史詩般旅程的呼喚……但接著，蛇又把我們拉回來，讓我們認為沒有足夠的金錢或時間，或者我們又掉入美洲豹的層次，懷疑我們是否有足夠的毅力與勇氣去走這條路。

在老鷹的層次上，我們影響實相的力量是最大的。然而，需要勇氣和練習才能轉入並停留在這種高層次的知覺中。正在學習成為治療者的年輕巫師，要學會在蜂鳥的層次上診斷和治療疾病。他們並不是在醫治身體或是進行心理治療，而是學習利用羽毛、火和其他工具來幫助他們改變病人發光能場的母體。但是，資深的治療者不需要使用羽毛扇或藥草，他們是在老鷹的層次上工作，在這個層次不需要用任何物體和思想甚至視覺影像。他們甚至連一根手指都不用動，因為只要人出現就已經足夠了。

在我們自己的生活中，我們能使用各種工具將自己轉換到蜂鳥的感知中，包括冥想、不用語言的祈禱、音樂和繪畫。我們可以嘗試在陰天穿上顏色鮮豔的衣服，讓自己擺脫抑鬱的情緒，變得更樂觀、更熱情；或者我們背誦禱詞，希望唸誦禱詞會讓我們真正感受到它們。而在老鷹的層次，即使連續幾個禮拜都是陰雨天，我們也不需要穿亮黃色的襯衫，就能讓自己整天感覺精力充沛，充滿活力。我們也不需要背誦祈禱詞，因為我們能輕易地轉換到蜂鳥的層次，感受神性的體驗，並在老鷹的層次上與大靈合一，這種轉變就在我們的內在發生。

轉入更高的知覺層次

當我們停頓在蛇和美洲豹的感知層面時，我們會花費許多時間解決問題。典型的例子是，如果太太正與先生鬧情緒，先生往往會想要去買個東西來討她歡心，以解決危機。當青少年的孩子感到沮喪時，他們會去逛街購物甚至吸食毒品來治療他們的痛苦，然而在身體層次上的快速解決方法，並不會真正有效。

當你將自己的感知轉到一個更高的層次時，你就能轉化在內心與實相世界中所面臨的眾多挑戰。你會明白，眼前的問題，在更高的層次上是個機會。失業或失去一份感情，會成為徹底改變你自己的一個機會；一場疾病也會帶給你機會，讓你不要只是想要去除它，而是要帶來深層的療癒和轉變。如果你生病了，你可以在這四個層次的感知中著手療癒：在蛇的層次上，你用藥物治療自己；在美洲豹的層次上，用心理學進行治療；在蜂鳥的層次上，用冥想或靈性練習；在老鷹的層次上，使用覺察和靈性智慧。

轉入更高層次的感知後，我們能明白，為何不去建造一座將會造成蝸牛、魚滅絕，或破壞斑點貓頭鷹的棲息地的水壩，因為這不僅保護那幾千隻動物，還保育整個大自然。然後，我們也能開始自省，是否有必要只為了提供汽車廠的夜間水力供電，而去蓋一座水壩。在老鷹的層次上，我們了解事物彼此之間有著無形的關聯性，並感知到在實相中沒有一件事是意外發生的，任何事物都有其目的和意義。失去並不一定是件壞事，因為這背後是有原因的，所以當心愛的人去世時，我們知道他們並非不再存在了，而只是神去找尋另一種表達和形式了。

這四種感知可以應用在不同的狀態中，當你在人煙稀少的峽谷中健行，若不慎從高處跌落的話，你可以進入蛇的層次，放下你的恐懼，找出潛意識中爬蟲類本能的力量，以控制你摔斷腿的痛苦。蛇（是冷血的和冷漠的，常常與我們文化中的男性相對應）讓你本能地照料自己的傷口，直到你能爬回原來的路，並找到幫助。在美洲豹的層次（我們常常將美洲豹和女人相對應，因為美洲豹是親密和情緒化的），你可以處理你的感情，體驗你的恐懼和脆弱。

轉向蜂鳥的層次，你就會開始看見更寬廣的畫面：你開始了解摔斷大腿和你身上沉重的負荷是有關係的，如果要治療你自己，必須願意放下隨時都想要緊緊掌控的想法。而在老鷹的視野中，你真的能夠追蹤未來的時間線，並找到一種比獨自死在叢林中更好的結果，選擇一種能獲得幫助的命運。在老鷹的層次上，你能明白你需要治療的可能並不只是身體，還包括你的靈魂，靈魂渴望經歷到這個世界來所想要學習的課程，包括你為什麼會在這個時間、這個地方受傷。

我見過許多學生，一旦他們感覺身體和情緒有改善了，就離開了地球守護者的道路，因為他們已經在蛇和美洲豹的層次上滿足了他們的需要。然而，如果他們能從蜂鳥的層次感知，他們就會曉得，感覺好是不錯，但繼續成長、將最高能力展現出來是更重要的。如果他們用老鷹的眼睛來感知，就會看見當他們完全展現他們的力量時，能開始將他們的夢想世界化為實相，並且，他們個人的治療與整個世界的治療是直接連結在一起。這些學生就像剛開始露出地面的橡樹芽一樣，而為了要見到陽光去推開泥土的過程，並不是一件輕鬆有趣的事。

在我自己的訓練過程中，好幾次我也想要停止練習，讓自己放輕鬆。我當時想要保持在美洲豹的層次，在這個層次上，我不再被自己的問題所困擾，也不會受到挑戰或驅策要成為最好的我。但我知道一旦停止，我就會錯過機會，無法長出自己的老鷹翅膀。

有能力轉變感知還有另一個好處，如果你因家族遺傳注定要得到一種致命的疾病，那麼你無須等到生出病來才學習應對。在蜂鳥的層次上，你能預先學習此疾病背後的人生功課而使疾病不發生；而在鷹的層次，你能清除你的發光能場的印記，這種印記預設了你會遇到這種情境。如果你心裡有一本辛苦十年寫出來的書，你就能從靈魂的領域將它帶到物質世界，將這部手稿寫出來。或者，如果你在美洲豹的層次上，跟情人起爭執，各自堅持己見，此時你就不要責備對方，一直要去證明自己是對的、對方是錯的，而是把這種情境視作一個互相溝通的機會。

雖然我們會被某個特定的感知狀態所吸引（例如主要以美洲豹的層次和情緒來與世界互動），但我們可以學習掌握所有層次。進行以下的練習會幫助你培養轉換感知的能力。練習數遍之後，你會識別我們如何能自然的在這四個層次之間移動，因為它們是我們體會四個「副腦」的方式。

練習：感知四個層次的臉孔

這是一種追蹤練習，你會在四個感知層次中的每個層次裡尋找線索和訊息（可以找另一個同伴一起做，或者獨自一人做）。坐在光線較暗的房間裡，面前放一面鏡子，距離大約四英尺，在身邊點燃一根蠟燭。你一邊輕柔地注視自己的左眼，一邊深而慢地呼吸。每次吸氣時從一數到十，呼氣時也一樣。注意你臉上光影的變幻，一直注視著你的左眼。

在第一個蛇的層次上，當你一直看著自己的臉時，注意你的臉是什麼樣的。看起來就像原來的樣子，是你已經在鏡子裡看過無數遍的臉。

過一會，開始進入第二階段的練習。當你的感知從蛇的層次調整到美洲豹的層次時，你的臉會開始改變。你會看到自己變形為一隻動物，或變成另一個人的臉，或者你的臉整個消失了。不要對你看到的感到驚慌，繼續深沈而有規律地呼吸。只要記住出現的各種面孔……其中有些可能已有數萬年之久；有些臉也許是前世的面貌；另一些是象徵力量的獸物的臉（牠們是你在大自然裡的嚮導和朋友）；還有一些臉是你的靈性嚮導。追蹤這個層次，注意你看到的每一張臉。

當你到達蜂鳥的層次時，你的臉會停止變化，你會只看見一個影像。仔細觀察這張靜止的臉，因為它含有某種意義和訊息，這對此刻的你來說非常重要。專注於你的呼吸，注視這個影像，讓它向你顯現它的故事。它是誰？它來自哪裡？它要告訴你什麼訊息？發光能場保有我們所有前世自我的記憶。這些臉常常是某一個前世的臉，但時常也是我們今生早年的臉孔，或是將來可能的面貌。

在第四個階段，所有影像都消失了，甚至連你自己的臉都消失了。當你到達鷹的層次時，在宇宙的能量母體內融化了所有的形式，只剩下大靈和光。

做三次深呼吸，將自己帶回平時的意識狀態，結束練習。

＊ ＊ ＊

我曾和一位被診斷患有致命疾病的病人一起做這個練習。當我們坐在一起，輕柔地注視彼此的臉時，起先只看到對方的眼睛。然後，當我進入美洲豹的感知層次，他的臉開始改變：他開始像一個老年人；接著是一個小夥子；然後是一個年老的印地安婦女，有著飄逸的長髮。這些可能是他前世的臉，或者是在他內在故事裡各種角色的臉，而我正在找尋一張特別的臉——我的病人在未來身體痊癒後的臉。

當我找到這張臉時，我將自己的知覺狀態轉換到蜂鳥的層次，這樣，這張臉的特徵就會停止變化。這是我們想要為他找到的臉：他痊癒之後的臉。我們專注在我找到的臉，並將它輸入到他的命運之中，這樣他就會成為這張臉所呈現的人。然後，我進入老鷹的層次，將這張臉融化，這樣，除了光之外，我就什麼也看不到了。我在自己的心裡說：「願你的意願得以實現。」因此，大靈的意願將會成功，而不是我自己的意願（你需要經過練習才能對這種感知的轉換掌握自如，不用擔心，你能做到的）。

我要求我的病人繼續在鏡子前做這個追蹤練習，把他的注意力完全放在痊癒後的自己，並將這張臉牢牢地放到他的未來。幾個月後，他完全康復了。

下一章將會了解我們的能量結構，包括發光能場和脈輪，以及它們與四個層次的感知和四個洞見的關係。

第2章 你的能量結構

我們大多對身體的運作具有一些常識，還可能知道思想和情緒是怎樣影響我們，我們又怎樣影響思想和情緒。為了接通更高層次的感知，讓我們各自將不同的夢想世界化為實相，我們需要對靈魂與靈性的結構有更多了解，明白情緒、信念，以及用以感知實相的彩色透鏡，是如何停留在發光能場中。發光能場是圍繞著我們每個人四周的光與能量。

發光能場是我們的生命藍圖，裡面有著我們痛苦和苦難的歷史，以及通往痊癒的道路。事實上，在光體療癒學校裡，我們教導學生如何解讀銘印在病人發光能場中的故事，以及如何解開當事人感到痛苦的身心情境。

想像你被一個光的氣泡所包圍，氣泡的寬度約是雙臂伸開的距離，向下延伸到地面下一英尺的深度。因為發光能場中含經絡和脈輪，能量流會不斷在發光能場裡循環，在圓球中間有一個非常狹窄、像試管一樣的小洞，洞比一個分子還要小，使發光能場變得像一個巨大的橢圓形珠子（或者，在幾何學中，它被稱作環面體）。

當我們死去時，發光能場通過這條狹窄的管道回到靈性世界，就像一個甜甜圈穿過它中間的洞，有瀕死經驗的人說，這是回到靈魂源頭時所要穿越的黑暗通道。我們可以透過運作發光能場和它的結構：也就是脈輪和聚合點（assemblage point）來進入感知的更高層次。

在我們的身體中，有九個脈輪或能量中心，沿著我們的脊椎連成一線。雖然東方傳統裡認為有七個脈輪，但治療者認為有第八個脈輪，它位於頭頂上方，就像一個發光太陽，雖然在肉體之外，但是在

九個脈輪

發光能場裡面（在西方，我們把這第八個脈輪稱作「靈魂」）。第九個脈輪是在它的上方，存在於時間之外的宇宙中心，並將我們與所有生命相連。

第九個脈輪就是大靈。

脈輪像是一個光的漩渦，延伸到我們身體之外數英寸的地方，並以順時針方向旋轉，這光的漩渦與脊椎和內分泌腺體相連，脈輪從發光能場中下載訊息給中樞神經系統，所以能直接將訊息通報給神經生理系統。脈輪與我們的腺體相連，所以也影響荷爾蒙的分泌，對我們的情緒、體重、血液和免疫系統有作用。

脈輪是通道，你的腦和神經系統能夠藉此通道與四個創造的層次互動。經由第一個脈輪，你用蛇的層次作出回應——濃密的身體與生物面的能量。第二個脈輪讓你在美洲豹的層次作出回應——諸如憤怒、恐懼等情緒，以及細膩的愛和慈悲。第六個脈輪讓你在蜂鳥的層次作出回應——到世界各處的聖地找尋神性能量，或透過冥想、祈禱和神祕經驗，可以接通並找到神性能量。第九個脈輪讓你在鷹的層次作出回應，這是創造的源頭，在那裡，你能將夢想的世界化為實相。

接著簡短介紹各個能量中心。

第一個脈輪位於脊柱的底部，靠近尾椎，它將我們與大地之母相連，與蛇的知

覺狀態有關，我們的原始本能活潑的充滿在這個脈輪中（在許多東方傳統中，據說像蛇一般的亢達里尼能量也是存在這個脈輪裡）。當我們淨化了第一個能量中心，能使我們放下對匱乏的恐懼，以更開放的心接納四周的豐盛。

第二個脈輪在肚臍下四根手指處，是我們的熱情所在之處。這裡充滿著活躍的感覺和情緒，我們的自尊和我們被愛或不被愛的感覺也在這裡。我們的憤怒和害怕身體或情緒受傷的恐懼，都會阻塞這個脈輪。當我們淨化第二脈輪時，我們開放的面對自己的創造力和浪漫的親密關係。這個脈輪與美洲豹的感知有關，並與腎上腺以及「戰或逃」的反應有關。

第三個脈輪位於太陽神經叢，與身體的能量有關。淨化此脈輪會讓我們取得世俗的成功，和他人保持良好的人際關係，清楚地知道我們是誰，如何展現自我。

第四個脈輪在胸部中心，與心臟有關。在此脈輪的層面上，我們可以體驗對萬物的愛，包括所有人和生物、岩石和瀑布、沙漠和大海。心輪是我們身體能量系統的中心點，在它上面有三個脈輪，下面也有三個脈輪。當我們淨化這個區域時，我們不再固守自我，能敞開胸懷，展現與萬物相融的最高能力。

第五個脈輪位在喉部，是我們的靈力中心。當這個區域被阻塞時，我們會固守自己的團體或族群，並堅持己見。當我們淨化這個脈輪時，我們就會認識到自己和他人的連結，並成為更好的溝通者，即使不同意對方的想法，也願意開放心胸，聆聽他人的意見，以獲取更多知識。

第六個脈輪（或「第三眼」）位於前額中央。在這個脈輪上我們體驗自己與萬事萬物的關係，明瞭我們是永恒的存在。第六輪與蜂鳥的感知狀態有關，我們的內在神性位居於此。當這個脈輪被阻塞時，我們會在靈性上變得自大，明瞭神性卻不加以實踐。

第七個脈輪位於頭顱的頂端，是我們通往天堂的入口，將我們與群星相連。淨化這個能量中心，可以讓我們體驗非線性的時間，並打破因果法則。當第七個脈輪被阻塞時，我們會誤以為我們已經開悟，而未領悟到，在達成無我之前其實還有很長的路要走。

第八個脈輪，位於我們頭頂上方數英寸處，是我們體驗與萬物及造物主合一的地方。當這能量中心被阻塞時，我們就會發現自己陷於靈性和物質之間，只有一部分活在我們的身體中，感覺與萬有整體是分開的。這個脈輪與靈魂相應，在脈輪上鐫刻著我們從累世輪迴中帶來的創傷印痕，這些印痕幫助我們選擇此生的父母，預先安排好我們生活、學習、衰老和死亡的方式，其藍圖會從發光能場中呈現出來。

第九個脈輪，存在於時空之外，永遠像水晶般清澈與純淨，由此我們可以體驗創造的壯麗廣闊，並居住在神的裡面。我們順著從第八個脈輪升起的銀色光索上升，就能到達第九脈輪，它位於宇宙心臟的區域，也就是大靈。只有一個第九脈輪，因為在大靈中只有「一」，這個脈輪與鷹的感知狀態有關。

在實踐四個洞見時，重要的是要先清除負面能量，或「心靈的淤泥」，它們遮住了我們的脈輪，使我們不再將受傷的自我投射進這個世界，並糊塗地把它們當作是真相。清除負面能量對每一個脈輪都很重要，尤其是蛇的感知所在的第一個脈輪，美洲豹所在的第二脈輪；以及蜂鳥所在的第六脈輪，即是神話般的第三眼。淨化你的能量中心會讓它們將新的訊息帶到你的身體和神經系統中。

當你淨化前面七個脈輪時，第八個脈輪自然也會漸漸變得潔淨，將業、創傷和疾病的印痕抹去，不再把你無意識的推入因果輪迴中（第九個脈輪永遠不會被阻塞，因為它就是大靈本身）。

淨化脈輪就像擦拭感知的鏡片，讓你看見並與創造的四個層面互動。當你的脈輪被阻塞時，你始終陷於身體的和心智的粗淺經驗中。從以下練習你將學習淨化散落在你的每一個能量中心裡的心靈碎片。

練習：淨化能量中心

首先，找一個安靜的地方（建議可在床上舒服的躺著做此練習），閉上眼睛，做幾次深沉而專注的呼吸。讓你的思緒在眼前流過，不要去注意它們，繼續吸氣和呼氣。

雙手合掌，放在胸前祈禱的位置上，並讓雙手靠著你的胸口，保持這個姿勢，深深地吸氣……然後吐氣，吸氣……吐氣，做多次深呼吸。

將雙手分開，用力的甩一甩，然後回到祈禱的姿勢。注意能量在你指尖之間流動的感覺，然後非常緩慢地分開雙手，保持這種感覺。眼睛閉著，嘗試看看是否能看到在指尖之間發亮的細線，手指間感覺刺刺麻麻或是有種溫暖的感覺。

將右手移至第一脈輪，停在它的開口處，離你身體約有兩英寸遠。感受脈輪中的能量以順時針方向轉動（有人說感覺像棉花糖，也有人覺得有輕微的麻刺感）。現在，想像你的身體就像是鐘面一樣，你的手指就是指針，將手以逆時針方向緩緩旋轉十次，這樣就能展開脈輪。用指尖探索這個光的漏斗內部，感受它的能量，注意它是涼爽還是溫暖的、麻刺的還是黏手的。當你以逆時針的能量流在清洗脈輪時，感覺有毒的能量流正從脈輪中流出，進入大地，之後手按順時針方向慢慢轉動十次，讓脈輪恢復到正常的旋轉。

因為每個脈輪會和某些特定的感受有關，所以當你在淨化脈輪時，自然會浮現某些情緒或記憶。讓這些感覺流過，不要去加以分析。你正在鷹的能量層次運作，無須分心在這些心理劇上，也不用去解釋這些感覺。例如，第二個脈輪管轄「戰或逃」的反應，當你淨化它時，你會記起上一次你心生恐懼或遇到危險的情形，或者再度經歷這些感覺。如果發生這種情形，就把它當作一陣輕柔的微風吹過。做幾次深沉緩慢的呼吸之後，這些感覺自然消失了（請注意，當你做這個練習時，你可能不會有任何感覺。如果是這樣，也不要煩惱，因為不管你是否有感覺，這個練習都是很效且有力量的）。

以同樣方式打開每一個脈輪，並一一予以淨化，洗去所有的心靈碎片，然後一定要再關上（譯注：使脈輪恢復正常的大小）。現在，想像你正在身體上方數吋處盤旋。幾分鐘之後，將雙手交叉放在胸口，做三次深呼吸，完全回到自己的身體內。雙手用力的甩一甩，並合起手掌搓一搓，然後用手摩擦臉頰，再睜開眼睛。

中級練習：經過幾次練習，當你已能感覺發光的自己漂浮在身體之上，將你的覺知導引到第八個脈輪中。讓你的意識停在這個空間裡，這是內在神性之所在。探索這裡的浩瀚，並嘗試回憶在出生之前你是什麼，而在你死後你會是什麼。請記住，這個脈輪存在於時空之外，你能在這裡想起過去和未來發生的事。

高級練習：在你掌握以上的技巧之後，再進行這個練習；但這次引導你的覺知進入第九個脈輪。體驗你的自我消失並與大靈和造化的浩瀚合一。

因為找不到一個更好的名字，我們姑且把這個中心稱作脈輪。事實上，這是大靈的居所，它無所不在，它在已顯形與未顯形的創造中。

聚合點的運作

聚合點是發光能場中的一種能量結構，我們透過聚合點為各種超感官經驗解碼，像是似曾相識、預知、心靈上的極樂和愛、對某事或某人的預感、在電話鈴響前就知道有人打電話來。

聚合點在光體層面上的功能，就好像是身體裡頭的腦（大小差不多，成球形），在這裡接收平常感官無法掌握的訊息。這好像是當心愛的人撫摸我們的手時，我們能感覺到他的手，但無法感覺到這樣的撫摸所傳達的愛，而聚合點則是能解讀這種觸摸的意義。聚合點使我們能理解自身心理和靈性實相的意義。

為了了解聚合點的運作方式，我們可以將它比喻作視覺信息的處理過程。眼睛接收從大海和沙灘所反射的光子，這些電脈衝通過視覺神經到達大腦中的視覺皮質，並在腦海中創造出一幅圖像，我們把這幅影像稱為「海灘」，並把它投射到外在的風景之上，但所有的「看見」實際上都發生在大腦內。

同樣的，我們的聚合點會將脈輪所接收到的訊息解碼，並「解讀出」四周的能量和情緒世界。我們將這個影像稱作「實相」，並將它投射到我們四周的環境和所接觸的人身上。但是，治療者明白，所有的實相其實只存在於我們內在。

聚合點位於發光能場之內（確切位置每個人都不同）——正如在腦中有各個中心處理來自我們感官的訊息，這個大小如葡萄柚的環面體，能處理心靈的和情緒的訊息。在聚合點中，有各種用來過濾我們的實相的濾鏡，過濾的方式會因文化、性別、年齡等而有所不同。例如，在西方，看到紅色我們會想到「危險！」「警告！」或刺激和反叛，因而提高警覺；然而在東方，紅色卻是帶來歡樂幸福的吉祥顏色。

我們的聚合點能被調頻，以解讀某些的原子價（valences；譯注：原子所攜帶的電荷）和頻率，而我們的人生經驗會決定頻率與原子價的狀態。如果沒有那些設定在聚合點的原子價，我們也感受不到它們的存在。例如，居住在城市裡的人到叢林中旅行，我們耳朵的結構與機能雖然和雨林中的原住民一樣，但當某些鳥發出鳴叫向我們示警，告訴我們附近有蛇時，我們的耳朵卻不夠靈敏，無法像原住民一樣聽到那些鳥叫聲。住在城市裡的人，聽慣了十英尺範圍內的巨大聲響，以致於察覺不出遠處傳來的聲音，我們的耳朵好像是「近視」了一樣。神經學家相信，在頭腦中有一定的線路來表現對某種模式的認知能力，但對治療者來說，頭腦只是硬體，在發光能場中的聚合點中已經設定了驅動頭腦的軟體。

如果我們過著與自然完美共存的生活，聚合點就會在位於我們頭頂上方六到八英吋的第八脈輪上，我把這個位置稱作「橋樑」。當聚合點處於這個位置上時，我們所有的本能都被重新校準到它們最初的設定。我們可以把聚合點從橋樑處移到第二脈輪，用美洲豹的感官來感知，也就等於是重新設定了這脈輪的本能。例如，在感情世界裡不再所遇非人，老是吸引到有著相同創傷的人。如果可行的話，我們也可將聚合點移動到蛇的層次上來感受事情，而不致使思路受困，無法深入思考。不管我們在哪一個層次運作，我們的視野和本能都不會受到阻礙。

由於我們不是生活在大自然裡，而且需要在一個非常紊亂的世界中正常運作，結果我們的聚合點會向某一邊歪斜：在西方，聚合點傾向於在頭的某一側，因為我們是非常理性，以思想為動力的人。我們會吸引頻率與聚合點位置相似的人，因為我們的感覺會與他們的感覺同步。所以我們很自然的會認為有不同聚合點的人是怪異的，甚至是愚蠢的，因為他們感知不到我們所能感知到的；或者認為他們是瘋子，因為他們感覺到我們所感覺不到的東西。這是因為我們不了解，我們的感知是受到信念和生活經驗的局限。

正如同「瞎子摸象」的故事，一個人摸到了大象的尾巴就宣稱，大象像一根繩子，另一個瞎子摸到了象牙就認定大象像一把劍，第三個人抱住了大象的腿，發誓說大象像一棵樹。對於每個人來說，他所感知的有限實相似乎就是唯一的實相。

在一生中，你的聚合點通常保持在同一個位置，這個位置我稱之為「入口」，因為這是你平常進入的實相。但你能學習去移動聚合點的位置，改變你的知覺，因而改變你對實相的經驗。在下面的練習中，你將學習將聚合點定位，先將它移動到橋樑的位置上，然後再移到與四個感知層次相關的四個脈輪上。

一旦你將聚合點移到橋樑的位置，你就能跨越到任何一個感知層次。事實上，你只能藉由通過橋樑來改變感知層次（這就是為何我把它稱作橋樑的原因）。你可以將橋樑想像成一個輪子的中心，而把四個感知層次想像成東西南北四個方向，或者你也可以把它想像成汽車的「空檔」，是換檔時的必經之路。

在練習結束時，你要讓聚合點回到它最初的位置，即實相的入口處。如果你將聚合點留在橋樑上，你會體驗到一種喜悅的狀態，但你對現實狀態無法作出適當回應，比方說，狗兒一直叫著要出門，或電話鈴響時，你需要以一般的意識狀態來處理這些事。雖然在橋樑的位置上冥想，或在自己的靈魂空間停留一會兒很不錯，但不宜長久停留在這不切實際的狀態，除非你是在修道院裡，而且不用遛狗，也不用與現實世界溝通。

這個練習的目的是，學習如何更自在的轉換感知層次，熟練之後便能掌握轉換的方法，改變當下情境中的動能，並從一個更高的層次解決問題。矛盾的是，只有當你明白世界在它所在的層次上是完美的，你才能改變世界。當你從造成問題的起因層次再往上走，從更高的層次來感知問題時，你就會了解這一點。從這個較高層次來看，你感覺到的只是各種可能性，你可以自由的改變所有事物。

練習：移動聚合點

找一個安靜和舒適、不受打擾的地方坐下來，關掉電話，安坐在椅子上，或者以最舒服的姿勢坐在沙發上，讓你腦子裡翻來覆去的思緒安靜下來。深深地吸氣，然後吐氣，吸氣……吐氣，慢慢地再次吸氣，專注在你的呼吸上……再次吐氣。

將雙手以祈禱的姿勢放在胸口，慢慢地呼吸數次，然後舉起雙手，依然保持合掌，經過你的臉向上伸，到頭頂上，並盡可能的將雙手舉高，直到你的手進入在發光能場中的第八脈輪，即是位於你頭頂上方數英尺處的一個旋轉的金色能量圓盤，這個脈輪就是靈魂，永恆的存在於時間之外。

將你的雙手分開，向外打開，掌心朝外，就像孔雀開屏一樣。專注的打開第八脈輪，將身體整個包起來。此舉是在擴展你的發光能場，從它收縮的、像蠶繭一樣的狀態向外擴展，並將你的光延伸，像一個氣泡把你包圍在內。

繼續緩慢地呼吸，並將雙手收回到胸前的祈禱姿勢……然後雙手向外伸展，將你的發光能場擴展至你身體的兩側。運用你的想像和你的雙手，在你的腹部、胸部和你的骨盆處重複這個動作，以擴展這些部位的發光能場。感覺這個包圍著你的光泡，當它從地下向上吸收能量進入你的雙腿、脊椎、胸部、胳膊和頭部時，感覺它的脈動。當能量從你的頭頂上方流回地下，並且再次經過你的雙腳流回來時，感知這股能量。

用雙手探索你的發光能場的內部，直到你感覺到一個感覺不同的點，也可能你會感覺麻麻刺刺的，或者某個點比你能量場的其他地方更溫暖或更冰涼。請記住，你的聚合點很有可能位於你的頭腦附近，在一側或另一側，而且感覺會像是一個像葡萄柚般大小的球。當你的一隻手找到它時，將另一隻手向上伸，運用你的想像感覺這個球形體。當你握住你的聚合點時，你有什麼樣的感覺？有時我的學生會告訴我，會感到一種意外的喜悅，甚或是噁心或失去方向感。這種反應很正常，因為你正要改變你感知世界的方式（也有學生說毫無感覺，他們只是想像自己用手握住這個能量球。如果你也是這樣，那絕對是正常的反應）。

現在，將你的手伸至你頭頂上方的第八脈輪，把聚合點移動到橋樑的位置。做幾次深呼吸，握住手上的聚合點，注意你體內的感覺；例如，保持這個姿勢會體驗到平靜和冥想的感覺，當我的學生們把聚合點移到橋樑上以後，若是試圖透過冥想來達到這種經驗時，會覺得很困難，我告訴他們，當聚合點處於橋樑上時，沉思和冥想會自然來臨。因為頭腦會自然安靜下來，一個小時的時間會像只有五分鐘一樣的很快過去。

繼續緩慢而深沉的呼吸，釋放你的聚合點。注意它是否還停留在第八脈輪，或者移回平常在入口處的位置上（記住，你需要進行多次嘗試，才能充分掌握這個技巧）。然後，將你的聚合點向下移到第一脈輪——蛇的領域，位於你的脊椎底部，靠近恥骨處。這個能量漩渦向外打開，延伸至你身體外數英寸處。讓你的聚合點停留在這裡。因為蛇位於你的第一脈輪，所以它是一種非常原始本能的狀態，注意你

第八脈輪

的呼吸是如何發生改變的，你能很輕鬆的感覺到心跳、皮膚的感覺和整體的生理狀態。

當你準備好時，再次將聚合點上升到橋樑位置，在那裡停留片刻，慢而深沉的吸氣與吐氣。現在，將你的聚合點移至你的第二脈輪，這是位於你臍下的能量漩渦。讓它在那裡停留，體驗美洲豹的感知層次。因為貓的感知位於你的第二脈輪，所以，它能喚起情緒甚至和性有關的感覺。注意這裡面有著什麼樣的情緒，你很容易就會感覺到憤怒、激動、恐懼，或是仁慈、慷慨和熱情。繼續深而慢的呼吸，然後將你的聚合點移回到橋樑的位置。

慢慢地將你的聚合點移動到第六脈輪處，它位於你的前額中央，這是蜂鳥的王國。在這個感知層次停留一下，感知在今生的旅程中你已經走過的許多道路。在這裡，你能觀察到，發生在你身上的一切事物，無論是好是壞，都是具有意義和目的。因為第六脈輪是內在視野的領域，你可能會有一種靜止的感覺，類似於一隻蜂鳥在飛行中盤旋的方式。在這種感知狀態下，心靈感應的經驗是很正常的，對地球守護者來說，即使他與所愛之人相隔數百哩，也能知道她正在做什麼或是她此刻的感受。

當你準備好了，讓聚合點回到橋樑處，做數次深呼吸……現在，將你的聚合點向上移到第九脈輪上。它位於你的頭頂上方，在發光能場之外，這裡是大靈和老鷹的領域。體驗一種與一切萬有相連的極大喜悅：與河流和樹木相連，與現在活著的人們和你的祖先們相連，與雨和風相連，與星星和太陽相連。體驗你與神性以及一切造物的合一，超越時空的界限。

當你準備好了，將聚合點拉回到橋樑處。做一次深呼吸，將聚合點移回入口。在這裡，你再次回到日常的實相，並完全恢復在這個世界中的功能。將手放回到祈禱的位置，深呼吸三次，結束練習。

自己心靈的裝潢師

當你掌握了移動聚合點的技巧，你就能進入實相的其他層次來治療自己，甚或重新獲得你小時候極佳的創造力，我曾經教過「提早起步計畫」班的小孩，剛開班的時候，小孩子還沒有習慣幼稚園的規矩，我要他們畫一座房子。他們的圖畫裡有著很奇妙的結構，房子在雲朵上漂浮，和樹根纏繞在一起，或者在河上航行。在那學年結束之前，這些孩子們已經學會了一般的感覺規則，而他們相信，一座「適當」的房子是由一個大正方形和小正方形的窗戶和一個尖角的房頂構成的，房頂上有一個小長方形的煙囪，上面有一縷彎彎的煙冒出來。甚至居住在擁擠的住宅區的孩子畫的房子也是如此，因為他們已經學會用文化的感知濾鏡來看世界，不知不覺的進入教育裡所傳授的集體文化夢境中，成為日常實相中沈悶呆板、單調的市民。

當我們的聚合點被困在一個地方，與實相的其他頻率不同頻時，我們就稱之為「成熟」。換句話說，我們不再看見小溪邊有仙女在嬉戲，或者感覺床底下有怪物，相反的，我們看見的是問題而不是機會。有一個從事廣告業的人，需要高度的創造力，她在辦公室裡放滿了發條玩具和發泡塑膠籃球和呼拉圈，用來幫助她保持具有創意的童心，讓自己不僅只是合乎邏輯的、明智的成年人。

將聚合點移至四個感知狀態中的每一個狀態，可以讓我們突破對實相刻板的視角，觸及無限寬廣的可能性。而當我們進入老鷹的狀態，就能從問題的源頭來解決，並以時空之外的眼光來看待它們。

我有機會在我自己的生活中體驗到這些。我的治療者導師安東尼歐先生，以前常常告訴我，我是自己心靈的室內裝潢師。有一次當我們旅行到一個由亞馬遜河水流形成的灣狀潟湖時，他解釋說，我就像這個潟湖，認為自己是與偉大的生命之河相分離的，並想蒐集漂流木和浮貨，在湖邊建起夢的城堡。他想要讓我明白，我陷於蛇的層次中，想要在最稠密、物質的層次上改變世界，然而這消耗了我百分之九十五的精力。當我的城堡倒塌時，我會將漂流木拖到湖的對岸，並開始重建城堡，創造新的關係、新的計畫甚或新的事業，這又要再花費經年累月的努力。

安東尼歐告訴我：「我可以將我的手放在那條河的源頭，並形成一個漣漪，讓漣漪改變下游岸邊的水位。或者，如果你已經從你的獨木舟上掉下來，水流也許會將你沖上岸，救你一命。我可以用極少的能量來創造這個有力的波浪。」

在物質的層面上努力，建構我所認為會是一種快樂和圓滿的生活，需要巨大的力量和專注。我的導師想要告訴我的是，我需要更進一步溯流而上，從老鷹的知覺狀態去影響形成潟湖的水流，讓它泛濫並摧毀我的城堡。要做到這點的唯一方法就是，提升我的感知層次。

除了學習各種感知狀態，我還必須掌握每一個洞見裡的練習，只有這樣我才不會再用所謂正確的工作、人際關係和計畫來構建生活，也才不會以為有一個簡單的數學公式可以達到幸福。取而代之的是，我學習從一個更高的視野運作，並開放地以更廣闊的方式來定義喜悅與成功，找到力量，為自己和世界創造一個不同的故事。如此我才能創造出一個嶄新的和更美好的夢，放下我一直在對自己反覆講述的故事……讓這些故事把我困在一種狹窄的存在中。

現在到了進入本書第二部分的時候了，讓我們開始詳細了解四個洞見。在下一章中，我將會解釋，其實我們並未察覺到我們的生活其實只是遵照了無生氣的老劇本在走。我也會說明如何使自己蛻變，重生出更具創造性的生活方式。

第二部

治療者的四個洞見

第3章 第一個洞見：英雄之道

要成為一個英雄，就是要創造出自己的神話。

第一個洞見是英雄之道，因為當你實踐此洞見所含括的四個練習時，你將會把你的創傷變成力量之源。雖然在情感上我們多少都受過傷害（人人都如此），但當你以英雄之道來看待它時，你所經歷的創傷反而能協助你找到力量和慈悲。

就像蛇蛻皮一樣，你也將過去的往事卸下，成為創造出自己神話的英雄。在這個過程中，你將不再是命運的受害者，而是有能力寫下自己關於力量、療癒和美麗的英勇故事。你不再是被誤解的藝術家、頑強的叛逆者，遭背叛的無辜者，或被父母虐待的孩子。

第一個洞見告訴你，這些只是你用來解釋你人生故事的角色。你人生的故事只是你所紡出的紗；它們並不是你。當你相信這些故事是真的時，就會感到痛苦，無論是你自己創造了這些故事，還是其他人為你創造了它們，你都誤以為真。你在故事扮演的角色會變得像餓鬼一樣，在餐桌上靠著你的殘羹剩飯為生。

你可能會努力了解這些餓鬼並和它們協商，因為你相信它們是真的，但是它們的抱怨、要求和對關注的渴望是永無止境的：你父親的影子縈繞著你，尋求你的寬恕或報答；你的孩子的影像告訴你，你應該更好地撫養他們；你的年輕光陰像鬼魂一樣糾纏著你，指責你虛擲了它。你不斷被這些怨念轟擊……它們永遠不會閉嘴。

事實上，如果我們餵養這些餓鬼，它們將吸取我們生命的力量（你所認識的五十多歲的人之中，其實還有很多人仍被童年記憶裡神經質的母親或離家父親的往事所困擾）。我們慶幸自己能安然度過艱困的童年，或者將我們的行為合理化，把某些行為歸因於自己曾遭受種族歧視或性別歧視、父母的冷漠，或舉出許許多多合乎邏輯的理由，來解釋我們的行為。只要我們執著的認定這些故事是真實的，我們就會被困住，不斷餵養著這些陰鬱餓鬼，阻礙了真正的治療。

我們常常用工作過度的方式來符合故事的演出，有多少人持續著家庭慣例，只因為大家都相信，他們必須這樣做才能表達對父母、孩子和兄弟姊妹的愛和忠誠？有多少人把他們的生命花在開會上，即使這些會議幾乎沒有實際目的，只是認為能幹的人就是要開很多會？有多少學生強迫自己選擇實用的專業課程，而不是追隨他們內心的興趣？當你驅逐你餐桌上的餓鬼，不再執著於怎麼做才是「合適的……恰當的和最好的」故事時，你就重獲自由，才能探索真正的自己和生命中其他的人。

第一個洞見與蛇有關——肉體、物質世界和感官知覺——當你掌握了這個洞見，你就會看見物質實相以外的世界，知道童年時期的事件如何塑造出你的個性，你的父母和文化如何影響你，讓你變成現在這個樣子。你能超越這些故事，編出一個更適合英雄旅程的新故事。你能放下中年男子想重溫年少歲月的乏味舊夢，或是放下四十多歲的女人想要保持二十幾歲的容貌與舉止的無聊夢想，為你自己編寫一個更具獨創性的故事。你會發現，過去生活中所發生的事，就像神聖的舞蹈，它們一路激勵著你邁向療癒、學習和發現的旅程。

將我們的故事變成真實人生

我們的故事是很有力量、很有說服力的，所以它變成我們內在的一部分，成為細胞記憶儲存在肌肉組織裡。所以將這些故事融入身體時，我們走路和說話的方式會改變。我們可能忘記自己是個詩人，只記得是小孩子的父母，所以用和孩子說話的口氣說話。我們相信自己是永遠的受害者，所以眼光下垂，無精打采的走路，而不是自信地昂首邁步。想要真正進入某個角色的演員，常常會仔細觀察各種人的身體特徵和舉止——包括憤怒的年輕人、沮喪的中年婦女或眼睛睜著大大的無辜者，因為他們了解一個人的人生故事會從身體外表和舉動表現出來。

不論你在你的人生故事裡是什麼形象，你都會具體把它表現出來，人們也會順著你的形象回應你。你的樣子和行動方式會傳達這樣的訊息：你是難以接近的或友善的、自信的或沒有安全感的、有力的或受傷的。同樣的，你會不自覺的向你生活圈中的人微笑（因為你接受他們的故事），並且避開那些身體語言或外貌表明他們並不屬於你的世界的人。例如，在一輛擁擠的公共汽車上，你會選擇坐在哪些人旁邊呢？很可能他們是同屬你社交圈中的人，而不是外貌、衣著、行為舉止和你相差太遠的人。

幾年前，我在紐約的老舊城區住了一個夏天。最初幾天，我看到街道上到處都是搶劫者和強姦者，然而在後來的幾個星期裡，我發現，這些「兇狠的角色」是我的鄰居，他們是最好的一群人——他們只是採用了一種確保能在紐約獲得尊敬的臉孔當面具。在認識到這一點之後不久，我從商店的一扇窗戶中看見一個兇狠角色的臉，那令我感到很害怕。這時我明白自己也養成了這種習慣，臉上有著與鄰居們相似的表情，我幾乎不認得我自己了。

為何執著於故事腳本

我們會執著在自己的故事腳本裡，是因為我們可以從中獲得好處，即使它們也會讓我們受苦。通常最大的好處是，如果我們活在故事劇情裡，我們的小我（ego）就能夠成為一個明星。我們相信，只要努力修整自己，有朝一日我們將會克服可怕的童年記憶或災難般的感情經歷，但是我們不想放下受害者的角色，因為要放下受害者的角色需要小我不再執著於這些故事。

你的小我具有非常強的生存本能，會為了生存而去做任何事情。它會抗拒對療癒的渴望，堅持自己是對的。當你和別人爭論時，你可能就會體驗到這種情形：你的一個部分想要停止對抗，並與對方尋求共識，但是你的小我堅持自己知道得比較多、想法更高明，因此，它要你繼續對抗，直到擊敗對方。你的小我已經說服你，如果放下你的故事，你就不會得到愛、重視、肯定或被人看重，甚至可能會消失。

執著故事腳本的好處往往是，它們給我們一種虛假的安全感和目的感。畢竟，如果我們不是睿智的權威人物、有創意的叛逆者或養育子女的父母，那麼我們會是誰呢？以前當我從事心理諮商工作時，會聽到人們談論他們的生活，認為自己的童年生活、配偶或財物狀況使他們受苦。他們陷於自己不幸的困境中，自然會討厭這些老掉牙的故事，所以他們在不同的工作、伴侶和朋友之間，重複同樣的過程，卻不知道有其他方法來處理這些事。當我向他們解釋，他們並不是唯一對自己的故事感到厭倦的人時，有時他們甚至會放棄治療（那時我還年輕，並不懂得如何幫助我的個案去打造一個新的故事，一個英雄的神話，它能夠賦予他們力量，而不是減弱他們的力量）。

實際上，我們的故事腳本等於判了內在英雄死刑，因為內在英雄拒絕一切狹隘定義它的角色。例如，我有孩子，但我不是「一個父親」。當然，我履行做父親的職責，而且我相信我做得很好，但這並不能定義我是誰。我也寫作和治療，但我不是一位作家或一個醫生。「我是誰」是一個謎，我每天都發現更多關於它的線索。

有時，我完全對我是誰感到困惑，但並不會因此而阻礙我去做個稱職的父母。只是我認識到，用一個像「父親」、「作家」或「醫生」的角色來描繪我是誰，真的是太過狹隘了。

如果你將自己視為一個父母，那麼請記住，你的孩子長大後，需要的不只是一個照顧他們的母親或父親。當你的孩子們離開家之後，你會是誰？你的角色會如何改變？很多父母在最後一個孩子搬出去住時感到沮喪，因為空巢症候群迫使他們面對這個事實：不再需要替孩子洗衣服，也不需要照顧他們的三餐。同樣的，如果你把自己當作一個企業家、作家、醫生，丈夫或妻子，那麼，有朝一日，你最終會面臨這個角色結束的時候。這時，你不得不為你自己創造一個新的身分，如果你不知道自己是否會找到一個有意義的身分時，你會感到害怕。

你故事中的每個角色都不能證明你真正的本質。當你堅持只看到別人所扮演的角色——無論這個角色是你的母親、你的父親、你的老闆還是你的孩子，你的看法會阻礙你，使你無法真正明白他們是誰，使你們彼此都會因此感到憤怒。然而，當你放下你的故事，你與你所愛的人及有爭執的人的關係，就會開始得到療癒，怨恨因而化解。

放下我們的角色

每個故事都有一群飾演特定角色的演員。當我們實踐英雄之道時，就要放下我們所認同的角色，也放下這些角色所信以為真的信念。角色只是我們所做的事，並不代表我們是誰。我們能繼續扮演一個護士、母親、兒子、售貨員、房地產經紀人或退休者，並能很稱職地勝任這些工作。我們可以活在這個世界上，但不會被瑣事所纏身。換句話說，我們並不是洗衣、做飯或打掃這些事情，我們只是輕鬆無礙的做這些事情。

我以前一直對《聖經》中的一段話感到困惑，基督問道：「我母親是誰？」後來，我明白了。他是在將自己從「馬利亞的兒子」的角色中釋放出來，以扮演他更偉大的「上帝之子」的角色。要知道，我們扮演的每個角色都是一整套的信念和滿滿的期待，而當這些信念和期待不為他人或世界所接受時，我們就會感到失望，怪罪自己。當我們放下我們的角色時，就能去做我們受召喚做的事情。我們不再以個人態度來看待世界，或需要確保我們的小我得到關注和認可。以下是一個非常有力的練習，我和我的學生們經常一起做這個練習，以幫助他們放下自己的角色。

練習：燒掉你的角色

你現在正在美洲豹的層次讀這本書，正在用你的心靈理解它的語言和觀念。這個練習會在蜂鳥的神聖層次上發生，目的是要將你從特定的角色中解開。這個練習最好在火堆旁安靜地進行，但你也可以在室內點起蠟燭來做這個練習。你還需要牙籤、一支筆和紙條。

首先，在每張紙條上，寫下你在自己生活中所扮演的角色的名稱。確定至少包含二十個角色，包括：母親、兒子、父親、養家者、護士、醫生、正在康復的酗酒者、戀人、有同情心的朋友、詩人、想要戒菸的人，以及任何你想到的其他角色。然後，將每張紙條纏繞在一根牙籤上，然後吐氣，將你想要放下這個角色的意念「吹進」紙條，然後將牙籤點燃，看著它燃燒。只要你的手指還不會被燒到，你就捏住牙籤不放。當每一根包著紙條的牙籤在燃燒時，想像你放下了這個角色的未來，直到它熄滅為止，直到你不再是一個母親、兒子、男人或女人。這樣，你就會解開讓你束縛於那個角色的鎖鍊。

在我兒子十幾歲的時候，我做過這個練習，我燒掉的其中一個角色就是父親的角色。當牙籤在冒煙時，我在心裡對自己說：「兒子，我正在將我所期望你成為的那個人放入火中，這樣，你就能成為你來到這個世界想要成為的人。」從那之後，我們的關係就一直是一種朋友的關係，但他知道，必要時我總會在他身邊支持。

嶄新且更好的生命故事

為何要像蛇蛻皮一樣的擺脫你的故事腳本？最好的理由，是因為你無法在你的故事裡療癒你自己。你只能默默的讓這劇本強化你的命運，然後注定要承受戲劇中的苦難。你年老的母親永遠不會直話直說，而你忘恩負義的孩子會繼續不跟你來往。但當你為自己編寫一個史詩故事，療癒和轉化就會在蜂鳥的層次上發生，並會滲透進你的心理和身體的世界。

如果你要編出你生命旅程的故事，你大可以把它們編得高貴華麗。最好將你自己視作一個勇敢的旅行者，一場令人痛心的叛逃讓她學會了信賴自己的直覺，而不是遭受背叛的受害者，因為某個殘酷的加害者而失去自己一切珍貴的東西，使自己不再相信男人。

你的故事沒有一個是真實的——它們只是你創作出來的劇本，而不是你的生活，因為它們讓你活在過去，受困在種種角色中，例如被誤解的兒子、不被欣賞的畫家或慢性疾病的受害者。甚至當你學著去編織賦予你力量的故事，用以取代舊有的、難以忍受的故事時，這些故事依然只是標明路線的地圖，它們會幫助你在生活的旅途中航行和翻山越嶺，但它們並不是山嶺本身。

當你了解第一個洞見，並且接受四個練習，你就會逐漸蛻去對小我的認同，並發現放下你的故事要容易得多。你不是在文字的層次上尋求意義和目的，而是在神話的層次上找到它，此時故事如史詩般的神聖。當這情形發生時，你原先認為的自己將會死去，「你是誰」的問題會是個奧祕。你將不會再問：「我是誰？」而會想：「我是什麼？」並且明瞭，你是由組成星星同樣的物質做成的，神以你的樣子在顯現。你比你的故事大得多，而且你有很多潛能等著你去發現。

我認識一位女士，她得知在嬰兒時期，母親（她有時會覺得難以承受撫養兩個小孩的重擔）有時會在她嘴裡塞一個奶瓶，而不是搖著搖籃握著奶瓶餵她。我一直在想，這個事實如何改變了她對母親的看法：在這之前，她不知道這件事，而今天，她得知了這件事。她媽媽始終是同樣一個人，但這位女士相信，這個發現表示她在某種程度上已經被傷害了，因此她非常沮喪，覺得自己受到背叛。

她寧願不曉得這件事，雖然她沒有證據證明，這件事使得她小時候受苦，但她立刻改編了一個故事，在這個故事裡，她冷酷的母親虐待了她。

當我們卸下像「我母親很自私，不理睬我」這種杜撰的負面故事時，我們能愛她和接受她本來的樣子。我們就不會一直認為，要不是過去這些事，我們就會更好，不再老想著，要是父母是我們所希望的那樣，情形會變成什麼樣子。我們就能夠感激他們帶給我們的禮物，而不是專注於那些沒有發生的事情上。我們可以把缺少父愛這個劇情，改寫成一個小孩學習獨立的新故事，看到的是一個孩子學會獨立的故事。我們能夠放下祖父母愛批評、冷酷的舊故事，從他們身上學習到，如果你愛批判別人，最終會使自己和他人都感到痛苦和不幸。在新的故事中，我們能慶祝自己學到了寬容的價值。

如果我們能為自己的生活寫出這樣的故事，就不需要去做很多的心理治療。

三個原型角色

為了將你的創傷轉化為力量和慈悲的源泉，需要了解你認定自己是誰的故事。你也許完全沒有意識到你多麼相信這些故事。你會自我防範，並堅持你有權保有你的真理，覺得自己已經被加害、誤解、濫用、拋棄、出賣等等。但如果你能放下對於自己的描述和狹窄的定義，你就能改變自己的生活軌道，重新創造你自己，並為你、你的家人和全體人類開闢一個更強有力的旅程。

每當我們講述一個故事時，會分派三個角色，形成一個減弱力量的三角關係，這些角色是受害者（victim）、加害者（perpetrator）和拯救者（rescuer）。在美洲原住民的世界中，他們是印第安人、西班牙征服者和祭司。在他們的關係中，印第安人代表著受害者，受到西班牙征服者的欺凌，而征服者即加害者。祭司的職能是作為高貴的拯救者，幫助印地安人祈願有更好的來生。

當你在自己的故事劇本中生活時，是以受傷的自己和主要演員們產生關連，進而創造出所謂的創傷連結。雖然在你自己的故事腳本中，隨著故事的發展你會轉換角色，但你總是扮演其中一種類型的角色。

我認識一位輔導家暴受害者的社工。她習慣將她輔導的對象當作受害者，經常加班工作，保護這些女人不受男人的虐待。她的努力獲得一些非常正面的結果，使許多接受輔導的女性避免更多的傷害。然而，她也為這種成功付出了巨大的代價：因為她陷入了拯救者角色，所以當一些輔導對象抱怨她對他們流露出家長式的態度時，她感覺受到了傷害，自己成了受害者。她對這些施虐者發洩憤怒，讓自己變成了一個加害者。她一心想要看見這些男人受罪，而沒有了解到他們也需要治療，因為這些男性在年幼時也可能是家庭暴力的受害者。這位社工已陷入了使人失去力量的三角關係中。

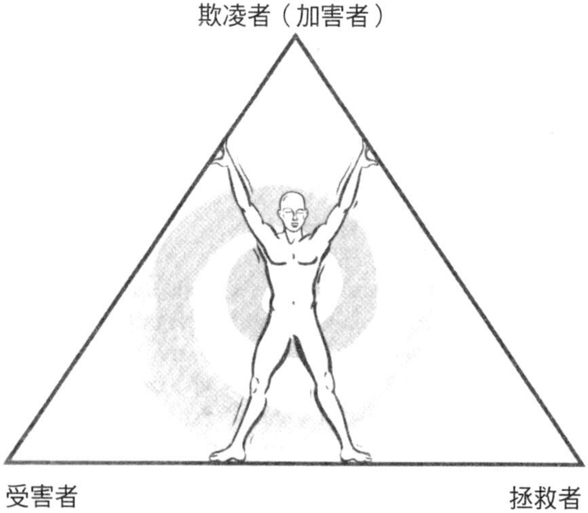

使人失去力量的三角關係

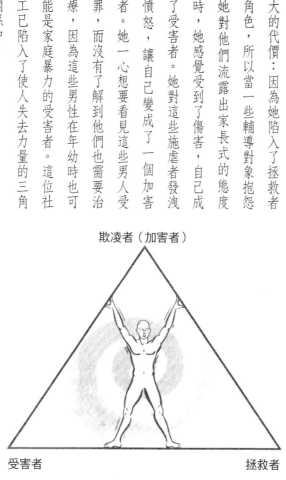

若是其中有人能夠突破角色，從他們的故事中走出來時，就極有可能療癒每個人。問題是，我們花費太多的精力去表演這些劇碼，以致於看不到自己的目的，無法達成任何成長。我們生活在這裡的目的，並不是要經由過去所發生的事來不斷重複扮演我們故事中未被療癒的部分，以過往的經歷認定自己是什麼樣的人。我們不必高貴地援救受害者，當他們開始怨恨我們時，我們就覺得受到傷害，然後再去責難他們，將自己轉換成欺凌者的角色。是的，幫助他人是美妙的，但當我們這樣做是出於自己的創傷時，我們就陷於這個劇碼的三角關係中，阻礙了真正的療癒。

最後，我的社工朋友意識到，自己已經陷入扮演高貴的拯救者和正當的加害者的角色。她開始將施虐者視為走在自己療癒旅程上的人，而不再覺得需要看到他們受到懲罰。

當你走出你的故事時，你就放下了對他人的批評。例如，當我說：「我感覺被你誤解了。」我是在告訴你我對你的行為的解讀，並向你暗示，你在對我做不對的事情。這是把批判偽裝成感覺，其實我可以直接告訴你我所想要的是什麼，比如我想得到尊重和聆聽。你不再需要讓另一個人繼續扮演你故事裡頭的配角，對你自己和他人的責怪就會消失，你就可以實踐寬恕。

我們的文化神話和故事

當你認出你受困在什麼樣的故事裡，你就能做出放下它的決定。但首先，你一定要認出這個故事是什麼。這就是原型神話——神祇和英雄的故事——極具價值的原因。我們能夠在它們之中看見我們自己的旅程，以及為了超越它們，我們必須學習的課程。

我們執著在減弱個人力量的劇碼，同時也接受更大的文化神話，這些神話滿足我們扮演受害者、救助者或加害者的需要。心理學家們認為，我們在自己的日常生活中扮演這些角色。我們會不斷重複著相同的劇碼，例如，要克服逆境，或者因為個性中重大的缺點而失敗，或是透過犧牲而獲得報償。我們視自己為像約伯一樣受苦，或像大力神一樣付出極大的努力。

即使對於不知道這些原型故事的人來說，他們無意識中還是會認同這些故事。例如，幾年前，有些人公開地抱怨，所有媒體都是在報導戴安娜王妃突然不幸去世的消息，這似乎使在同一個星期去世的聖潔的德蕾莎修女相形失色，而德蕾莎修女已經成為自我犧牲的最好象徵。他們不解我們為何在這個世界失去一位聖者時，大眾卻是高度關注某個年輕王室成員的生命。

答案是，媒體反映了一個事實，認同戴安娜王妃的人要比認同德蕾莎修女的人多。在實相生活中，如同所有人一樣，這兩位女性和一般人一樣都是複雜難懂的人，但是我們認同她們人生傳奇中最符合我們目的的那部分。我們想要把德蕾莎修女視為一個超級拯救者，她的行動如此不凡，令人望塵莫及。這樣，我們就可以受到她的激勵，而不會覺得非得追隨她犧牲、同情和愛的榜樣，因為這種偉大是如此的高遠不可及（儘管德蕾莎修女說過：「上帝創造了我們，這樣我們就可以懷著大愛做小事。」）。

另一方面，戴安娜王妃是很平凡的人：她天真的相信比她年長的丈夫，不料卻遭到背叛；她慷慨大方、體貼、富有同情心，而她的婆婆卻不認同她，她深受絕望、貪食症與憂鬱症所苦。然而，她從受害者的角色中站了起來，就像浴火鳳凰一樣，成了一個好媽媽，且無私的關懷較不幸的人——像是地雷受害者與愛滋病患。

許多人都渴望像戴安娜那樣，能從絕境中重生，找回她的力量，不自怨自艾的作受害者。對於大多數人而言，重要的不是她的人生（和死亡），而是她所創造出來的偉大的救贖神話，讓她找回力量。她的故事比德蕾莎修女的故事更貼近人心。

因此對很多人來說，她的去世讓人感受更深。

當我們看著媒體上報導的故事時，看到的是我們自己。我們認同電影中的角色、小心保護自己公眾形象的名人、以及實境節目中的平凡人，他們的傳奇已經被電視專業人員加以編導剪輯，他們知道該如何敘述故事，才能吸引我們或讓我們感到厭惡。我們並不真的想知道，那些搖滾巨星或電視演員，當風光不再時是憤怒痛苦的。我們希望他們像我們期望的那樣：當他們不再走紅，就會重新塑造自己，發現新的目的，過著比以前更快樂的生活。

即使我們多半沒意識到這些重新包裝的神話，但我們已經上癮了。戴安娜王妃的故事就像希臘神話中，賽姬去找普西芬尼的美人霜（即幸福），讓她踏上前往地獄的旅程。地產大亨唐納．川普（Donald Trump）的故事是帕西法爾找尋聖杯的新版本，而且川普沒有遵從警告：絕不要引誘美女或受她的誘惑。

問題是，這些古代的神話不再適合今天的世界，它們使我們陷於受害者的境地或成為憤怒的拯救者，我們害怕受檢驗，怕被別人認為是騙子或失敗者。當我們無法從自己的灰燼中超脫，就會掉入絕望裡。

如果我們不丟棄這些舊的神話，並拒絕這些幾千年的老掉牙故事，那麼，我們療癒的旅程就不會有進展。我們要放下自己認為應該要做的或是應該要成為的，那麼別人才能愛我們、接受我們。於是我們成為演員（actor），而不是作出反應的人（reactor），是神話的創造者，而不是神話的保存者。我們將神聖帶入每一刻，並使我們的經歷變成史詩。

當你認識到，每一個故事都是一個自我實現的預言時，你就能將人生變成一趟史詩般的旅程。你可以用一種找回尊嚴與力量的方式來講你的故事，這是一種未曾有過的方式……這就是英雄的旅程。

逐出伊甸園的宿命

我們已經被猶太——基督教文化給薰染，認為自己被逐出天堂，與神聖的造物者分離。這個故事滲透到我們的生活中，不管我們是否生長在宗教家庭裡，這個故事給我們帶來了許多苦難。所以，如果我們希望在每一層次上治療我們的創傷，那麼就要摒棄這個神話，提出一個新的神話，這一點非常重要。

這個傳說就是「始祖的故事」，在故事中，蛇和夏娃是加害者，亞當是受害者，而上帝的恩典則是將會拯救他們（和我們）的唯一力量。因為我們相信這個故事，所以我們會給嬰兒施洗禮，以免他們一生下來就被原罪所沾汙而遭受懲罰。我們始祖母親的原罪，引發了所有我們對母親印象的情節：也許，只要夏娃作個好媽媽，多為我們著想，而不是只為她自己著想，那麼，我們就不會處於現在的困境中了。最終，讓上帝作拯救者的神話，使我們與自己的神性分離，導致我們要倚賴一個外在的力量，來遠離我們身上的詛咒，這個詛咒是對我們祖先的罪行的懲罰。

當我們從這古老的墮落神話中釋放出來時，就能在大自然中重新發現最初的伊甸園，並在這個家園中感到舒適自如。我們一直以為，自然世界是美麗的和令人敬畏、令人鼓舞的，也是可怕的（並不像受到精心照料的伊甸園）。小時候我們學到，森林裡充滿了捕食小女孩的女巫和狡猾的野狼。當我們長大後又相信，廣闊的野外有野獸出沒，牠們會一下子把我們咬成碎片；而大自然之母是變幻無常和殘酷的，她會用潮水、閃電、暴風雨、地震和龍捲風襲擊我們，殘暴地奪走我們心愛的人。我們把自然視作需要去征服和馴服的東西，就像一叢修剪整齊的樹叢，或者修剪乾淨的草地。

當我們放下這個故事，就會發現其實我們從來沒有離開過伊甸園。或者我們相信上帝創造了大自然，但我們並不相信神性會居住在樹木、大海或懸崖裡。我們把上帝想像成一個居住在天堂、離我們很遙遠的實體，只有當我們發出邀請，並真正感到謙卑，承認我們犯有許多罪行時，他才會來到我們心中。或者，我們根本不相信神性，無法想像神性會在每一片葉子裡、在人行道上和水滴中，對這種我們已經身處天堂的觀念嗤之以鼻。

事實上，大多數人並不理解，儘管我們的博物館中充滿著描繪天堂的精美繪畫，激發著我們的想像，但耶穌確實說過，天堂的王國此時此刻在我們身邊。同樣的，治療者們相信，天堂的王國既在裡面，也在外面，在我們上下左右圍繞著我們。因為我們缺少了看見它的能力，使我們自以為被驅逐出天堂，而這種盲目正是我們受苦的原因。當傳教士們告訴印加子民，地獄在地下時，他們感到困惑不解。對於他們而言，大地就是偉大母親的領地，她肥沃的大地和水源給所有人提供了食物和生計，只有瘋子才會相信我們已經遠離了這個神聖花園。

我們依然生活在茂盛的神性花園，但光是從美洲豹的智力層次來理解這一點是不夠的。如果我們想要把地球體驗成天堂，需要從神聖的蜂鳥層次，在每個細胞和每根骨頭裡感受到這點，印加治療者們稱這種意識狀態為阿伊尼（ayni），意思是與自然的正確關係。當我們處於阿伊尼時，無須害怕自然。只有當我們失去平衡時，才會被閃電、豹或細菌殺死。事實上，在治療者們看來，被豹或細菌殺死並沒有什麼區別。在西方，我們多半相信，有些死亡是由疾病造成的，有的則是由意外事件造成的，但是印加治療者們相信，我們必須與豹和細菌處於正確的阿伊尼中，否則它們都會把我們當作午餐。當我們處於阿伊尼中時，就不再是它們的食物鏈中的一部分。

事實上，地球守護者的醫學治療技術是基於這樣的觀念而生，也就是重新調整我們與自然的關係，回到平衡之中，就會恢復健康。這與西方把身體視為一個系統的觀念極為不同，西方人認為，這個系統神祕地出現了偏差，當它運作不良，就需要用手術和抗生素來進行修復，將細菌殺死。

當我們處於阿伊尼中時，天堂就是我們的家，身體、心智和情緒的健康是我們與生俱來的權利。我們發現，我們從來沒有離開過伊甸園。

幾年前，有次我和幾位薩滿巫師走在亞馬遜河附近，我們來到了一塊空地。他們要我穿過草地，進入叢林，看看會發生什麼事情。當我穿過草地，走進雨林時，我聽到了它的歌聲：金剛鸚鵡、鸚鵡、猴子和昆蟲的聲音。我邁出了第一步，接著第二步，當我邁出第三步，叢林變得安靜了。我簡直不敢相信。

薩滿巫師解釋：「動物們知道你不屬於這裡，你已被逐出了花園。」我覺得這很荒謬，動物們肯定是聞到我身上除臭劑和爽足粉的味道，儘管我已經幾個星期沒有用過它們了。

後來，我看見兩個原住民土著在河邊用烤肉叉烤著一條大蟒蛇，我想到了一個主意。我走到他們面前，作了自我介紹，並問他們我是否可以取一點他們蒐集在罐子裡的蛇油，他們把蛇油放在一個罐子中，很高興的分送給我。

我回到薩滿巫師那裡，脫下衣服，只剩下短褲，將蛇油塗在自己身上，我相信鳥、猴子和其他動物會聞到我身上的蛇油味，以為我只是一條在雨林中穿梭的大蛇，而繼續唱著牠們的歌。帶著滿身蛇油味，我自信地向叢林邁出一步，然後又邁了一步，而到第三步時，四周再一次變得寂靜無聲。唯一不同的是，這次我聽到身邊大約有六百隻飛舞的蒼蠅發出嗡嗡聲，牠們被我的惡臭吸引而來。

十年後，在我已經學到了地球守護者之道，才知道當我走進雨林，動物和昆蟲感覺到我的出現時，會把我當作是某個活在花園中的人，牠們會繼續歌唱鳴叫，即使我深入探究牠們的世界，也不會干擾到牠們，因為牠們知道我是和大地之美同行的人，我是牠們的同類。我已明白，若要與花園和諧相處，我就一定要放下我的故事，放下我曾接受的文化神話：「我已從原始的大自然中被趕出來，我無法再向上帝或河流和樹木說話，也無法期待它們回應我。」我不再相信，我命中注定永遠是一個被放逐者，我會說出自己的人生故事。

成為說故事的人

古代治療者們幾乎不用教條，也不需要他們民族的傳統宗教，但他們包容他們的土著祭司，因為祭司是他們文化故事的保護者。他們知道，這些故事就像我們的《聖經》一樣，用來傳達一種凝聚社會組織的價值。然而，他們並沒有因為尊崇這些古老的故事，而不敢去探索新的故事。他們知道變化是人類經驗的一部分，每個時代與民情風俗總是會過時。

印加治療者們相信祭司——不只是西班牙的牧師，也包括他們自己的土著文化中的祭司——說的不是他們自己寫的故事，而是複述關於人的神性經驗的故事。治療者認為，宗教用陳述來解釋靈性、用比喻來表達智慧過於簡單化了。地球守護者相信，這些故事能幫助我們了解某些觀念，但是它們不如在鷹的知覺層次上，直接體驗神性來得寶貴。他們把祭司視作是在演出一幕戲劇，讓人們對巨大的造化之謎津津樂道。這是因為，宗教是以信念為基礎的，而靈性修行則是基於個人對神性的體驗。印加治療者們強烈地專注於培養體驗的智慧，並相信每一個人都必須親身體驗才行。只有這樣，我們塑造的故事才會成為我們自己的偉大探險的神聖故事。

在以下練習中，你將重述你人生中的重大事件，練習成為一個說故事的人。

日記練習：兩個有關你自己的故事

在這個練習中，你將寫出兩個故事。第一個故事是你多年來一直在告訴自己的故事，它是這樣開始的：「從前，送子鳥弄錯了，把一個小寶寶丟在一間弄錯的房子門前。」接著寫下對你的生活的敘述，包括你的父母、人際關係、婚姻和不順利的事業。把這個故事當作一個童話故事寫下來，彷佛它是很久以前發生在一個遙遠國度的某個人身上的故事，而且記下你是受害者、加害者和拯救者的次數，在你擔任這三種原型人物時，你在劇中的角色是什麼？

當你寫完後，把這個故事重寫一遍，不過這次用這樣的話開始：「從前，送子鳥把一個寶寶丟在一家合適正確的房子門前。」請記住，療癒的故事會解釋，為何事情就是應該按原來的樣子發生，它們會給你帶來寶貴的課程，會讓你在你史詩般的旅程上走得更遠。

也許你小時候受到了虐待——但這正是你的靈魂要讓你學習有關力量和同情的課程，所以你選擇進入這個完美的家庭（當然，被虐待很可怕，但是要記住，你正在寫下的是一個史詩般旅程的故事，是一個學習與療癒的故事）。因為你父母辱罵你，所以你了解到那些蔑視與傷害他人的人，內心是極度不安與不快樂的，並不是因為你而生氣，也許你甚至在他們所說的話中發現了真理，或許你學到的課程是，你能接受自己是不完美的，並決定要付出努力去改變，而不是為了符合他人的期望而被迫去「調整」。

如果你因為還沒有學會你的課程，所以寫故事讓你感覺不舒服，那也沒關係，寫的時候想像自己已經學到了課程，寫完以後，將來有機會可以再回頭修改。當你開始相信這個新的故事時，它就會開始成真，你成為說自己人生故事的人。宇宙知道你已經掌握了你的課程，將不再會把你帶回教室裡。

在重述我們的故事時，我們發現了我們得到正面與提升的力量。例如，雖然一般人認為西班牙征服者是一股毀滅性的力量，毀滅了他們所有寶貴的事物（這是一般人的看法），但印加治療者卻不這麼想，他們把西班牙入侵的這段歷史當作一種時代的催化劑，地球守護者在這段期間必須更小心的保護和珍惜這些洞見。這些智慧的教義被藏了起來，等到時候到了，就會再次被公開，協助人類永續生存，所以這些智慧因此變得更有力量。治療者們相信，若是沒有西班牙征服者，我們可能變得懶惰和自滿，並且遺忘洞見。

請記住，我們只能在神話的層次上重寫我們的故事。也就是說，如果你的孩子快要上大學，擔任空服員的你需要長時間的工作來為他賺取學費，而沒辦法畫你喜歡的水彩畫，這是事實。然而，在神性的層次上，你的故事可以是，你是一個畫家，你的畫布就是世界，而且你在飛機上所接觸的每一個人，都是你能以更多色彩和生命去接觸的人。

擁有你的神話故事，也繼續畫畫，不要把自己只定義成父母和一個要供養孩子上大學的空服員，你是個白天碰巧有份工作的畫家或詩人。當你這樣做時，你就會發現，在平時你也會有畫畫的時間。

肯定你的內在生活，並在奇妙和多變中探索真正的你。勇敢地接受你的各種角色，但不要把自己變成其中任何一種。當你許多隱藏的自我浮現時，你會感到驚喜。當然，你卸下故事的時候，原先在你角色四周的人可能會不知所措，不曉得該如何跟成為行動主義者的母親相處，也不懂這個兒子為何要放棄家族生意去環遊世界。如果你指望他人鼓勵你去探索並培養你的多重自我，那麼你肯定會失望。

我們很難接受一個法官在搖滾樂團裡當低音吉他手，或者一個會計師是狗拉雪橇比賽的冠軍。當聽話的孩子已經成為任性的青春期少年，或者一向樂觀開朗的伴侶變得安靜和喜歡沉思時，我們也覺得難以接受。當我們對自己是誰的定義更為廣闊時，也更能認可他人內在的畫家、詩人和神話般的旅行者。

卸下祖先業報的故事

當你實踐英雄之道時，你會扔去源自幾千年前開始傳承下來的故事。你的故事並不是新的，只是重播童年所發生的事情，重複敘述著輪迴的情節。這故事把你吸引到你出生的家庭，因為兩方的情節非常吻合。它也是你從你父母那裡繼承來的、他們所無法治癒的故事。你從父母那裡繼承這些創傷，然後又把它們傳給你的孩子們，希望他們會替你治療它們。在亞馬遜地區，他們把這些叫做「祖先的詛咒」。

如果你想要擺脫你的歷史包袱，尊敬你的祖先是很重要的，如果你不尊重他們，他們就會繼續存在你的生活中，縈繞在每件你奮鬥的事和人際關係上。但如果你尊敬並且歌頌他們，無論他們留下的事有多麼可怕，你和祖先們都能繼續往前走。你為他們、為你的孩子們和孫子們改變祖先的故事，替他們打破詛咒。當你回想起你父親離家出走，你不再感到受傷或生氣，不再認定這就是你在感情上無法信任對方的原因。

業報在家庭中運行。一個冷酷的母親養育了一個孩子，這個孩子也變成了一個令人窒息的媽媽，她的女兒由於受到壓迫，長大以後也不想生小孩。因為每一代人都會嘗試治療家族遺傳的創傷，所以一定要有人做出有意識的決定來重寫故事。

例如，在經濟大蕭條時期，我祖父四十九歲，失去了所有的財富。在共產主義革命期間，我父親四十八歲時失去了他的地位、房產和事業，不得不逃離古巴。我哥哥四十九歲時失去他的生命。當我四十八歲時，所謂的家族詛咒——我父親和我祖父已遭受的業報——也衝擊了我。我經歷了一個非常困難的時期，我和太太分手了，她帶孩子搬到另外一個州。我失去了我的家庭和家人，我是在重新經歷我父親和祖父的命運。

有一天，當我獨自在安地斯山脈徒步旅行時，我被一個熟悉的耳語聲嚇呆了。我相信我聽到了父親在跟我說：「除非你明白為何會來作我的兒子，否則你會繼續過著我的生活。」這使我開始對我的家族史進行兩年的探索，才發現這種慘痛損失的模式。

後來，我回味父親的訊息，了解到我弄錯了。他原本想要告訴我的其實是：「除非你明白你為什麼會出生，我的兒子，否則你會繼續過著我的生活。」我感謝他明智的忠告，也不再認為他必須對我的命運負責。我的任務是要去了解我這一生是要來學習什麼，並且在這個過程中，成為我自己故事的作者。我不必再一無所知地將我父親的生活重新活一遍，也不再繼續犯他和他父親犯過的錯誤，而且也把我的兒子從「家族詛咒」中釋放出來。

當我們重寫自己的故事時，將祖先從谷底提升上來，不再讓他們對我們的人生負責，打破了他們給我們的負面傳承，把這些故事都放下，諸如「因為我母親是個十足的瘋子，所以我的生活一團亂。」或者「我很討厭被人誤解，就像我父親和祖父一樣。」我們不再無知的受到祖先的傷害，反而能尊敬他們，感謝他們的禮物，不論接受這份禮物是多麼痛苦。

練習：替祖先建立祭壇

大多數人類學家仍然相信，在每個傳統文化中，都能找到用來祭祀祖先的祭壇。事實是，這些傳統社會知道，無論祖先們的行為多麼不好，當你祭祀時，都要用寬恕和同情來對待他們，這樣就能不再受到祖先業報和故事的束縛。治療者說，如果你不用建立祭壇來尊敬祖先，他們就會在你家裡亂跑。也就是說，最好知道他們在哪兒，不要忽視他們的傳承，也不要把他們踢進心中的死角，認定他們的行為使我們受害。

以下練習能使你不再需要為了解決父母的問題，而花好幾年時間去作心理治療。在家裡找一個地方，比如一個窗檯或壁爐架，在上面你可以放置一個小祭壇，然後鋪一塊布，接著，放上你祖先的相片或象徵物。如果你沒有曾祖父的照片，你可以把他的戒指或屬於他的其他東西放上去，你也可以用紙條，上面寫上祖先的名字，或放上你父母、祖父母或曾祖父母的家的照片。

我有一位朋友建了一個祭壇，上面有她的曾祖母繡的一塊桌布，她在刺繡上面放了一張祖母的相片，她的祖母總能給她帶來靈感。她也想要肯定並尊敬那些帶給她痛苦課程的祖先，但她很難讓自己注視他們的相片。因此，她發現在祭壇上放置他們年輕時候拍的相片，讓她更容易尊敬他們。看見她家族成員年輕時的樣子，使她想起他們善良的一面，雖然成年後的他們比較不易讓她有這種感覺。

為了尊敬你的祖先，在你的祭壇上放個花瓶，插上鮮花或點燃薰香。你也可以把大自然裡的當季禮物獻給你的家族成員，諸如夏天你從海灘上撿到的貝殼或石頭、秋天的松果和乾枯的樹葉等等。每一次你更換供品，都要感謝你的先人給與你的禮物，無論你接受它們的過程是多麼痛苦，或很難把它們看成是禮物。請記住，歷史並不是實際發生的事情，而是你選擇如何記住它，如何活在你的內在。運用這個祖先的祭壇，你就能在神話的層次上改變你的家庭故事，在這個層次上，故事是史詩般的旅程，而不是情感上或物質上得失成敗的老故事。

養成習慣，在你的祭壇前停留，想想你祖先給你的禮物。請記住，你已經選擇了重寫你的故事，而且在你改寫過的版本中，你的家庭成員不是作惡者，你也不是受害者。

牢記，這個祭壇必須是象徵著你內心的祭壇。就是說，你在你家中所建造的祭壇，是為了給自己一種靈性上的提醒，提醒你對祖先給你的傳承和教導你的課程心懷感謝。

達成阿伊尼的意識

當我們放下受害者、拯救者和加害者的沈悶故事時，我們就成為說故事的人和神話的創造者，並且以各種方式得到支持。我們不再成為祖先或文化故事的受害者，害怕著匱乏、親密、衰老或創造力。無論我們擁有什麼，我們都會從匱乏走向豐盛，從伊甸園被放逐變成在地球上與美同行。我們每個人雖然看到相同的世界，卻各有不同的想法。我們變得就像原野中的百合一樣，既不辛勞也不忙碌，卻擁有它們所需的一切。我們依然需要打卡上班，但能過著畫家或詩人的生活，擁有許多創造性的資源。

我遇到過許多美洲原住民，他們的晚餐桌上只有一碗玉米湯，但人卻極其慷慨，知道他們生命中的豐盛。有一次，我問我的地球守護者導師：「你怎麼能生活在這樣的貧窮之中？」畢竟，他居住在遠離舒適城市生活的一個山頂上，美國人家中的一個小壁櫥就能裝滿他全部的財產。安東尼歐困惑地看著我，然後用手對眼前的風景揮了一下手，指著冰雪覆蓋的山頂和山下的河流，好像是說：「這些都是我的財富，我們倆哪一個才是窮人？」

我也曾認識一個非常富有的人，他很害怕失去自己的財富，人際關係不好，孩子們疏遠他，他也不相信任何人，因為他認為，想和他在一起的人只是為了想要得到他的錢。他一味的想保護自己的財富，給別人錢只是為了讓自己覺得是個好人，如果別人不接受，或者接受了卻沒把錢花在他認為應該花的地方，他就會覺得被冒犯或成了受害者。他怨恨多疑，生活在匱乏之中，從來沒有體驗到平安和豐盛。

以下的四個練習組成了英雄之道，並讓你不再受到你的故事的限制。它們是不批判、不受苦、不執著和美的練習。

不批判的練習

若要不批判，必須超越自己受限的信念，甚至是我們的是非觀念。

我們藉由判斷事情的對錯好壞來理解我們的世界，根據社會文化所訂的規則來做出判斷，這也就是我們所知道的道德規範。但地球守護者是超越道德的——要注意，她不是不道德的，只是不被道德所制約。她相信重要的是要放下這些判斷，並保持自己的辨別能力。

要知道，當你不批判時，你就不會無意識的附和別人對某個情況的意見。在不批判的過程中，你開始獲得一種超越時代道德的道德感。在今日，這點是非常重要的，因為媒體的影像已變得比實相更令人信服，而且，我們的價值——自由、愛等等，已被降格成為空洞的陳腔濫調。

當你拒絕成為同謀時，你就有了一種不同的視野。你知道自由對你的意義是什麼，而不是由政治家在一場精心排練過的演講所告訴你的那種自由。你發現自由是遠遠超過能夠挑選某款休旅車或從菜單中點菜有意義。

我們的批判是基於我們知道的和別人告訴我們的假設。例如，大多數人都接受癌症是一種致命疾病的信念，因此，如果醫生說我們得了癌症，我們立刻就會被「癌」這個字給嚇壞了。而當我們練習不批判時，就不會認為我們是要進行一場生死的戰鬥。我們可以同意進行醫師推薦的治療，但是我們並不接受我們有百分之九十九或百分之一的康復機會。我們不會將自己存活的機會貼上「好的」或「壞的」的標籤，或用數字來代表它們，因為這樣等於我們把命運交給統計學。取而代之的是，除了治療實際的身體，還從我們最高的感知層次來處理面對的問題，允許自己擁抱未知以及無限的可能性。

數年前，我有位朋友被診斷為前列腺癌。幸運的是，他當時和一位醫生住在一起，醫生告訴他：「你沒有癌症——你的X光只是顯示一些罕見的斑點，我們會治好它的。」一個月內，他們真的治好了那些罕見的斑點。

如果我的朋友把這些斑點貼上「癌症」的標籤，並圍著它們編出一個故事，他就會變成一位「癌症病人」。如果他把這個病定出名稱，就一定會跟統計數字連在一起，例如，他可能屬於那百分之四十被治好的人，要不就是屬於那百分之六十無法治好的人。他治癒的可能性會縮減成機率，他不會去想像自己是在百分之四十的痊癒者之中，因為他非常清楚他所面對的機率。這就是為什麼我教我的學生，要在病人拿到活組織切片檢查結果之前，或者在X光照片上的這些點被標明類別之前，以及在病人心中編出「致命癌症」的故事、變成一個自我實現的預言之前，即要嘗試和病人一起努力運作的原因。

有位名叫艾麗絲的女士，打電話給我們的治療師馬賽拉預約個案。艾麗絲的醫生給她拍攝了X光照片，發現她的乳房有一個腫塊。馬賽拉問她，她是想要在切片檢查之前開始運作，試著影響檢驗結果，還是在檢驗結果出來後再開始靈性面的療癒，如果是後者，他們會對切片的檢查結果來運作。

艾麗絲決定選擇第一個選項。一個星期後，她接到了她的醫生辦公室打來的電話，告訴她：他們弄錯了，把她的乳房X光照片與別人的照片搞混了，她的乳房根本沒有毛病！

因此，我們的故事不僅影響我們如何感覺事物，而且也影響「真實的」世界——在這個案例裡，治療了一件已經發生了的事情！

我們對人生旅程總是能編出一個能幫助我們成長、學習和治療神話故事。我們也許無法改變X光照片上的點，但也許能治癒我們的靈魂，最終開始學習我們來到這個世界所需要學習的課程。我們的課程也許是放慢腳步，並感謝身邊的人。或是因為我們向來認定了該以什麼樣的方式生活，所以就麻木過著像夢遊般的日子，這故事也讓我們釋放了這種狀態；或者，從蜂鳥的視野來看，這些腫塊也許變成喚醒我們的鐘聲，要我們做一些我們一直在逃避的改變。

對於癌症、愛滋病和其他疾病，我們一直在創造巨大的故事，但對其他疾病卻不會這樣。比方說如果醫生說我們身上有寄生蟲，大多數人不會想到全球有數百萬人會死於寄生蟲病傳染，然後開始擔心自己也因此死亡。即使這種疾病時常會是致命的，我們卻沒有用這疾病來編出這樣的故事。之所以會這樣，部分原因是，這些故事的存在幾乎沒有商業或金錢利益。雖然它們影響地球上將近二十億人，但治療寄生蟲並不是需要使用昂貴藥物的大生意，而癌症、膽固醇與心臟病卻是。恐怖的故事可以讓藥暢銷。

當你不去批判疾病，也不讓自己陷入死亡的恐懼中，你會發現其實從一個更高層次看待它，並寫出一個神話故事，是件更容易的事。所以，如果你有寄生蟲，那麼你可以把這病看作是把他人有毒的憤怒給內化，成為自己的問題，因而顯現的疾病。或是因此了解到你已經偏離了自己的道路，過著一種對自己有毒害的生活。

當我們練習不批判時，我們有的不是病，而是一個療癒和成長的機會。我們過去有的不是創傷，而是磨練砥礪我們、塑造出今日的我們的人生事件。我們並不拒絕事實，而是拒絕對它們作負面解釋；不去利用它們來編織受傷的故事，而是根據這些事實創造出一個力量和慈悲的故事。

第一個洞見被稱為英雄之道，因為高明的醫治者知道他們曾深深受過傷，治癒自己的過程，使得他們對正在受傷的人抱有更多的慈悲。最終，他們的創傷轉化為禮物，讓他們能有更深的感受、更多的慈悲。換句話說，誰能比一個正在康復、能識破上癮者的自我欺騙，並知道克服上癮的習慣需要多大勇氣的人，更能幫助酗酒者突破對自己的否認？誰能比一個青春期時帶有反叛、怨恨和不安的印記、但後來治癒了自己的成年人，更能幫助苦悶、憤怒的青春期少年？當一個人有感同身受的經驗時，就更容易讓他放下批判和標籤，專心在治療上。

不受苦的練習

下一個練習是不受苦的練習，是指不去寫下關於我們的痛苦的故事。我們在此可以直接向宇宙的無限智慧學習，不再需要一次又一次忍受同樣的不幸。然而，我們必須學習我們的課程，否則最終必然將一直延續自己的不幸。在東方，這就是人們所說的打破業報循環，並跨入法性中（dharma），而治療者們則稱之為練習「福佑」（bliss）。

當你圍繞一個事實編造故事時，痛苦就發生了。某些時候，你會失去父母、情侶或一份工作，因此，你可以將這個事實編成一場如你所願的戲碼。例如，你可以跟自己說：「現在我失去了母親，沒有人來照顧我了。」這會變成一個大故事，讓其他人把你當作沒有母親的孩子看待。

我們常常因他人的暗示決定了我們的故事的重要程度，就像一個小孩跌倒了，立即抬頭看他的母親，好像是在問：「我應該有多沮喪？這跤跌得糟糕嗎？」然後編出一個強度足以讓他母親有所反應的故事。同樣的，我們讓會同情我們的朋友圍繞在身邊；然而，這樣做的時候，我們就讓他們成為我們受害故事的同謀，甚至讓它更劇烈。他們會告訴我們，我們應該還要更生氣才對，我們理當憤怒！或者，他們會說，我們有權感到痛苦萬分或強烈的怨恨。無論以哪一種方式，在他們的鼓勵下，我們都會編出一個被利用、被虐待、被誤解的戲劇化故事。

佛陀教導我們，雖然受苦是一種普遍的人類境況，但受苦並不是必須的。這並不是說，痛苦並不存在，痛苦是不可避免的，因為我們都有一個能夠感覺發燒和破壞的神經系統。正如我告訴我的學生們，如果你想要理解痛苦和受苦之間的區別，做這樣的嘗試：當你洗一個美妙的熱水淋浴時，把水龍頭調向冷水，但分兩個步驟做。首先，將你的手放在水龍頭上，注意你的身體會因為預期而退縮，這就是受苦。然後突然將水龍頭打開時，你所經歷的就是痛苦。你看，當你想像水會是多麼的冷，感覺冷水淋在你的皮膚上時會有多麼痛苦時，受苦和憤怒就會產生。

當一位牙醫進行局部麻醉後，他就能拔牙，而且我們不會感覺痛苦。然而，仍然會感覺到一種拔或壓的感覺。我們應該能夠完全放鬆，因為知道不會痛，但我們的頭腦開始想像：「那是鑽孔機的聲音，他真的在把我的牙從我的嘴裡拔出來！」我們變得緊張而不舒服，因為我們正在替甚至沒有感覺到的痛苦編造故事。

當你練習不受苦時，你擁抱著你的生活以及它們所要教給你的課程。如果事實會造成傷害，當然你會感覺到這種痛苦，但不要因此誇大故事並強化了痛苦。像是：「我無法忍受失去伴侶的痛苦生活，因為那痛苦太劇烈了，會把我給毀了。」

當你失去了一個你所愛的人時，很自然的，你悲傷的感覺會不時被勾起。你可以經歷這種悲傷，並寫下一個讓痛苦對你產生重要療癒的英勇故事，或者你可以寫下另一個故事，一直讓自己陷在受害者的角色中甚至更不幸的命運之中。你可以這麼想：「我這麼愛他，他給我的生活帶來這麼多，我為此而心懷感謝。我真的喜歡跟另一個人建立這種感情，我想要再擁有這樣的感情。」或者你可以一直告訴自己：「我無法相信他死了，這是多麼不公平，我將永遠無法恢復。」正如你已經了解到的，每一個故事都是一個自我實現的預言。第一個故事有助於痊癒，第二個故事則產生更多痛苦。一旦你放下受苦，你就能停止藉由創傷、衝突和厄運來學習你的課程，而你能開始直接從知識來學習。

不執著的練習

為了練習不執著，我們要放下自己已經接受的角色和我們為自己貼的標籤。儘管我們的新故事會比舊故事更有趣和更富建設性，但我們的目標是不再認同任何故事。我們能了解自己，不再需要一個寓言來定義或發現我們是誰。甚至古老的神和女神的原型故事也不再適用在我們身上，因為最終，他們的傳說也是悲劇性的。當我們卸下所有的故事，包括受限的角色和身分，並讓自己變成一個奧祕時，我們就是在練習不執著。

多年以來，我在人間的身分一直是「薩滿巫師─治療師─人類學家」。這是世界認知我的一個方便方法，但這並不是真正的我，因為我要比這更大、更廣。正如沃爾特．惠特曼（Walt Whitman）曾經寫道：「那麼，很好，我和我自己自相矛盾／（我是巨大的，我是多元的）。」幾年前，我執著於我早期著作裡對自己的一種描述，我把自己描述成一個探索者。在一篇書評中，《紐約時報》甚至把我稱作「人類學的印地安那．瓊斯」，我如此認同這個角色，讓自己受到很大的局限。

當我到了四十歲時，年輕人類學家的角色模型變得荒唐可笑，而我內在粗獷的冒險家已經筋疲力盡。藉著拒絕這種自我定義，讓我能夠開放的面對真實自我的其他層面。例如，我發現雖然我總是在學習，但我也是一個老師，現在我訓練別人成為巫醫。我今天所追求的冒險是精神的冒險，而不再是深入亞馬遜地區的冒險。

世界給我們貼上方便定義的標籤，用來描述世界是如何看待我們的：社會運動家、正在戒酒的酗酒者、副總裁、學生……等等。若是相信標籤含括了全部的我，並指示著我們一定要如何做時，麻煩就來了。我們認為，如果我們要做印地安那．瓊斯，就應該有某些興趣愛好、信念和行為舉止；當我們發現自己是以一種完全不同的方式思考、感覺和行動時，我們就會疑惑、窘迫或失落。

在許多靈性傳統中，為了要成為一個和尚或尼姑，你就必須脫去你的華服，剃光你的頭，穿上一件簡單廉價的長袍，這樣別人就不會把你看成是一個重要的人。你被迫從自己的內在尋找參照點，而不是從外在尋找參照點。沒有人知道你的父母是誰，你有過什麼成就，或者你童年的朋友如何看待你。你超越了小我或人格，發現自我是無法被輕易定義的。你放下了你對物質和心理的執著，甚至是對靈性的執著。如果你要真正專注於信條，那麼你的參照點就不再是你的小我，而是你的神性。你脫離了為自己創造的或者你允許他人為你創造的標籤。

不執著除了表示你能放下你的角色和故事，還要放下認同這些劇碼的那個你。當你的小我不再執著於配偶、孩子、學生、老師等很小的身分時，你就是放下了對你真正是誰的假設，對別人喜不喜歡你不再感到煩惱。你不再需要來自他人的認可，當你沒有得到他人的肯定時，也不會變得沮喪或傷心，你可以自由的做任何你想做的人。

美的練習

練習美就是去感知美麗，即使是有醜陋的存在。例如，我們不將某個同事視作一個沒完沒了的抱怨者，讓人難以忍受，而是從蜂鳥的層次感知他，並認識到，他是一個完美象徵，讓我們學習如何不去將他人的不快樂變成自己的問題。當他走進我們的辦公室告訴我們，我們的報告裡漏了一個細節，堅稱這份文件是一團糟，他不得不重寫時，我們就把他當作是我們的老師。雖然我們的頭腦總是告訴我們，這人真是古怪，但我們要牢記自己必須學習的課程：不要對批判反應過度，不要變得處處在提防他人，內心保持平穩，不要只是因為別人的憤怒而感到不安，然後我們就能藉由微笑將美帶入此刻……過後，我們就可以細察，為什麼我們會和學得慢的學生在同一個教室裡！

「美——在我之前；美——在我之後；美——在我四周。」這是來自印第安納瓦霍人（Navaho）的感恩祈禱，來自一個在世界上只看到美的祈禱者。換句話說，我們一定會在意想不到的地方注意到令人愉快的事物，並將美帶到醜惡和醜陋的地方。例如，我最近去看一個展覽，我看見一個對黑暗的小巷著迷的畫家的作品。我們常常將他所畫的地方與恐懼、危險、骯髒和孤獨連繫起來，但他的畫卻充滿活力、具有強烈的顏色和圖案。當他作畫時，他顯然是在練習美。

不要去尋找醜陋和貧窮，而要感知你周圍的美。下班時帶一束花回家、對同事說一句親切的話、鼓勵某個朋友。當你查看機場的航班起飛表，看見前往你目的地的所有航班由於天候不佳而被取消，你只能在機場過感恩節時，你可以生氣，或是你可以提升自己的感知層次，感知當下的美。如果你願意的話，讓那些在飛機場和你一起消磨時間、一起同病相憐、一起歡笑的人，幫助你創造一個值得懷念的感恩節。因此，感知在這種情形（以及任何情形）中的美，並發現來自大靈的禮物。

當你看見四周的美時，美就會尋找並找到你，甚至在最意想不到的地方……那麼你就踏上了成為英雄的道路了。

第4章 第二個洞見：光的戰士之道

要成為一個光的戰士，就要發現無畏的力量。

在西班牙人入侵的時期，有一群拉依卡把西班牙人嚇壞了。據說西班牙人殺不死他們——即使當西班牙人用步槍近距離朝他們開槍，子彈也無法命中目標。

這些拉依卡戰士是美洲的武士，他們相信，如果恐懼活在你的內在，那麼你就和死人沒有區別，你所害怕的子彈就會找到你。然而，如果你成為一個光的戰士，你就可以投身戰場而不會被打敗。你不會有充滿仇恨、等著殺死你的敵人；有的只是對手，他們出於與你無關的原因，將槍口對準你。

當這些治療者殺死一個特別值得尊敬的對手時，他們就會將自己的一些血灑在大地上，因為他們知道，在歷史上的某個時刻，他們可能與那個被他們殺死的人一起圍在火邊說故事。這些戰士並非從來不曾感到害怕，而是不會為恐懼所動搖。他們的愛發散得如此強烈，以致於在他們的內在沒有黑暗的容身之處，也不會去細想可能會發生什麼。他們自由的在無畏中生活，因此，死神無法找到他們。

當我們成為光的戰士時，我們就知道，我們的工作就是用愛去擊敗它的對立面——它的對立面並不是仇恨而是恐懼。恐懼是缺少了愛，就像黑暗是缺少了光一樣。恐懼阻斷我們與大靈、自然和內在自我的連繫。我們的挑戰是去擁抱愛和它的光，並驅散內在的恐懼與黑暗。第二個洞見教導我們，要揮舞光明之劍將恐懼永遠的驅散。

我喜歡把恐懼當作一個貌似真實的假象——也就是說，當我們專注於所害怕的事物時，我們賦予假象力量，並讓它成真。我們忘了，即使了解恐懼的原因，也不會因此消除恐懼，正如饑餓並不會因為我們知道為什麼會感到饑餓而不再挨餓。這就是為何大多數透過了解恐懼起源的治療法，無法有效的讓我們永遠放下恐懼，療癒自己。

我們時常誤將在腹部感到的溫暖、發熱當作愛，誤將愛當作是可以給與和收回的東西，就像一隻隨心走來走去的貓。我們很容易把愛給與那些可愛的人，但要去愛不喜歡的人和情境並不那麼容易。我們「無條件的」給與愛，但當沒有得到自己覺得應得的東西時，就收回我們的愛，並將愛重新給另一個覺得會給我們更好回報的人或事物。

不過我們發現，當覺得自己沒有得到認可或承認時，就很難維持我們的愛。如果情形並不按我們所希望的那樣發展，我們就會毫不遲疑地把我們的愛變成仇恨和怨憎。例如，我們得到新工作的那份熱情消褪後，轉而變成失望和痛苦。當被愛人遺棄時，原本強烈的不切實際的迷戀，變成了劇烈得足以吞噬我們的厭惡。

對於地球守護者而言，愛並不是一種感覺或你用來交換的東西。愛是你的本質，是你由內而外發散出一個燦爛發光能場：你成為愛，實踐無畏，並獲得開悟。

從黑暗到光明

佛陀向我們展示了光明之道，並教導我們要追隨自己的光，這樣就能從痛苦中解脫，獲得自由。當基督在約旦河中受洗時，他被令人眩目的光輝所包圍。在安地斯山、在說故事者的回憶裡，被視為太陽之子的印加國王帕查庫提（Pachacuti），會發出黎明的光芒。這些導師留給我們的訊息是，我們能夠成就更為偉大的事——

也能獲得這種光明，並驅散生命中的黑暗。

儘管愛的光明與恐懼的黑暗，聽起來只是一種隱喻或神話故事，但實際上，這種全世界都有的觀念是有其科學根據。科學家們知道，世界上的所有生命都是由光構成的：植物從太陽吸收陽光，並將它轉化為生命，動物吃著靠光而生長出來的綠色植物。光是建構生命的根本基石，而我們都是由進入生命物質的光組成的。並且，生物學家們已經發現，所有活的細胞都以每秒一百次閃光的速率發出光子，這種光子發射的來源就是基因。

正如愛之光是真實的，儲存在身體每個細胞中恐懼的黑暗也是真實的，它們甚至會遮蔽基因中的光。我們誤以為真實的假象非常強烈，它使我們的每一個念頭都變得黯淡，並影響著我們的每個反應。當我們不停地擔憂會有什麼不幸降臨時，恐懼就能自給自足，並開始藐視理性。

恐懼創造出黑暗的實相。正如前面了解到的，每一個預言都是自我應驗的——不管我們最害怕的是什麼，它都會在不遠處等著我們。小心謹慎並沒有錯，但恐懼會讓我們不敢成長，讓我們經由苦難和創傷來重複學習自己的課程，而非藉著體驗自己的光明而成長。

恐懼否認並扭曲我們光明的本質，而無畏正是光的戰士修行的核心，它讓我們體驗到自己的光。

執迷於恐懼的回應

驚嚇或驚訝的反應，是我們本能系統的一部分，讓我們對危險做出反應。驚嚇不同於恐懼，它能保障生存的安全，一旦危險過去，驚嚇也就離我們而去。當我們處於一種極端緊張的狀態，本能就會使「戰或逃」的回應模式起作用：我們的腎上腺素就會進入血液中，使血糖含量上升，這樣我們就有能量舉起拳頭或逃離危險。

記得有一次我在非洲的一個禁獵區看見一頭羚羊，當時她正被一頭母獅追逐。她試圖逃跑，來到一個池塘前，猶豫了一會兒，然後奮力越過淺水塘。我看見一條鱷魚像水雷一樣從水中躍起，差點咬住了羚羊。等到羚羊安全的跳到池塘的另一端，渾身抖動了一會兒，然後又恢復平靜的吃起草來。在緊急情況發生之後，動物們會自然地重新調整牠們的神經系統，恢復到平時安靜而又警覺的狀態；不幸的是，人類失去了這種很快讓自己脫離驚愕的能力。

在新生嬰兒身上可看到一種摩洛反射（the Moro reflex），顯示人類如何發揮這種抖落恐懼的天然能力。當嬰兒臉朝上躺在墊子上，她的頭被輕輕抬起時，就可以觀察到這種反射動作。如果你突然放下她的頭，一瞬間讓她的頭向後仰，然後再快速地托住，嬰兒會猛然將雙臂向兩邊張開揮動，手心向上。當反射動作結束時，嬰兒會將雙臂收回身體，然後放鬆並輕微地顫抖。遺憾的是，人類的摩洛反射在出生幾個月後就會減弱。

驚嚇是本能的，而恐懼是一種後天學來的反應。我們知道，「男人是危險的」或「人際關係是不安全的」。我們的感覺觸發了我們「戰或逃」的本能——而在此同時，我們又試圖抑制它，因為我們都渴望有親密關係，這就像一邊猛踩剎車一邊卻去踩油門。

問題是，我們在一種麻木的「戰或逃」的狀態中生活。當我們遇到塞車時容易發脾氣，既不能往前走，也不能攻擊前面的白癡。我們忙了一天後趕回到家裡，為了辦公室裡的事而把氣出在配偶和孩子身上。我們的紅燈一直亮著，腎上腺素在體內流動，因為一直處於緊張之中。我們不再有能力將它抖落，就像羚羊或嬰兒一樣。結果，皮質醇（cortisol）被釋放進血流之中，並對器官和細胞造成巨大損害。

能對我們的器官造成致命傷害的莫過於高濃度的皮質醇，這是一種能毒害頭腦的物質。除了破壞神經元之外，這種類固醇荷爾蒙還能支持神經通路，不斷「重播」過去造成我們痛苦的事件。一旦羚羊脫離危險，抖落驚嚇，就恢復平靜，重新吃草。但一旦我們脫離險境，還是會繼續在腦海中重播剛才的經歷，想像要是我們更強壯、更堅強或更具攻擊性，情形會是如何不同；或者只要堅守陣地又會如何。這是因為人類的頭腦不能區分真正的緊張性刺激（比如某人說了冒犯你的話）和回憶中的刺激（比如你回憶上次別人在言語上攻擊你的情形）之間的差別。頭腦對真實的和想像的刺激都做出反應，觸發「戰或逃」的反應機制。

我記得自己第一次獨自在叢林中尋求啟示的情形。我整夜都醒著，確信自己聽到的每一種聲音，樹枝發出的每一次劈啪聲，都是一隻美洲豹正在向我靠近的信號。我現在知道，在雨林中的美洲豹是完全沒有聲音的，即使牠已經靠近我，我也不會聽到任何聲響。但我的恐懼完全戰勝了我，無法欣賞那一晚獨自在星空下的美景。我那時還太年輕，不知道其實我所有的恐懼只是自己誤以為真實的假象。

即使你竭盡全力對付壓力，也很容易常常去觸動「戰或逃」的扳機。想像一下，當你一下子找不到錢包或鑰匙時，心臟會狂跳，呼吸十分急促。或者，當你看到新聞報導說，附近的核電場是容易遭受恐怖襲擊的目標，或確定有某種新的、特別可怕的致命病毒時，你會感覺焦慮不安。我們都很習慣接受這種引發焦慮的資訊，包括看郵件時或吃晚餐的過程中都是，卻沒有體認到自己正在對這些資訊發生一種化學反應和生理反應。

醫學上，這被稱作誇大驚愕反應：我們的交感神經系統啟動，將腎上腺素、皮質醇和血糖釋放進血液中，但鬆弛反應並沒有隨之而來。我們無法抖落感知到的危險，甚至在最初的緊張已經開始略微平息之後，我們依然處於一種警覺狀態中。事實上，這是創傷後壓力症候群（PTSD）的症狀之一。這種失調是長期性的，許多八十多歲的二次大戰老兵現在還有這種病症。在我們的光體療癒學校中，我教學生們如何擺脫「戰或逃」的機制，這種機制或許是在四十年前，當他們騎自行車差點被汽車撞到時就啟動了。

要知道，當我們的警報系統被鎖定在「開」的位置上時，它就會在第二脈輪周圍製造出一條能量帶，讓它加速並使我們的腎上腺超負荷工作（第二脈輪與腎上腺和腎上腺素的產生有關）。當我們釋放這條能量帶時，就能重新設定第二脈輪，這樣，它就不會以每小時一百英里的速度旋轉，而是按心跳的柔和節奏脈動。

我記得有一次幫助我的學生——一位在急診室工作的醫生，減弱他的這條能量帶。後來，他告訴我，多年以來他能夠第一次深沉的放鬆，但他擔心自己是否能繼續在急診室的高壓環境中工作。他一直以來很習於「戰或逃」的反應，所以無法想像自己能在一種放鬆的狀態下工作——但是當他回到急診室時，發現自己比以前處於高壓狀態時更專注，更具活力。

最強烈的恐懼

儘管我們還有其他的擔憂——從失去我們的錢財、工作，到被我們所在乎的人拒絕等，但最強烈的恐懼是滅絕，這種恐懼甚至比死亡的恐懼更為巨大。事實上，這種恐懼是非常強而有力的，以致於在生生世世的輪迴中，我們都將它保留在自己的發光能場中。

雖然我們經歷過許多次的出生和死亡，但生命的終結總是會讓我們害怕，因為我們把它視作是一種最終的經驗。擔心當自己離開心愛的人時，會經歷到身體的痛苦和情感的失落，但最讓我們害怕的是我們小我的毀滅。小我總是為自己的存在而辛苦的抗爭，害怕自己被更大的東西所吞噬。

當我們認同自己的小我時，會擔心當我們死亡時，小我也就死亡，這就將發生。但當我們認同我們的靈魂時，恐懼就會消失，因為靈魂並不受時間法則的約束，它是永恆的。我們認識到，真正的死亡是我們在生活中夢遊，遺忘了天命，只是為活著而活著。

身體的死亡是不可避免的，儘管治療者相信，我們能影響身體的狀態，甚至決定我們在何時何地死去，但身體的死亡是不可避免的。然而，精神上的死亡，或變成行屍走肉，則是我們能夠並且必須避免的。我相信，這種「活死人」會讓我們的光變得黯淡，抑制我們的基因修復身體的能力，並導致我們最終屈從於情緒和身體的疾病。因此，雖然我們相信有許多導致死亡的因素，但印加治療者相信，我們的死亡只有一個原因，那就是恐懼黑暗，它藏身於我們的細胞和組織中。

每年我都會帶幾個學生到安地斯山徒步旅行，在其中的一座山上，拉依卡會舉行傳統聚會，替這些學生進行入會儀式。當我們到達山腳下時，每人選一塊石頭放進自己的口袋，當我們步行時，就用它來冥想。我要求學生們一路上停下來將他們父母或祖父母如何死去的記憶「吸」進石頭裡，我也要求他們回憶在自己生活中感覺缺乏生命力的時候。當我們到達目的地——一個清澈美麗的池塘，薩滿巫師稱之為美洲豹湖，我們舉行了一個儀式，輪流拿出自己的石頭，把它們丟進水裡。我們在蜂鳥的層次做這件事，蛻去被我們的基因、父母或生活方式所選擇的死亡，割斷綁住我們的強韌繩索，不再重複祖先們的生與死。

我後來向這些遠征成員解釋，如果我們身處一個一百人的房間，統計學顯示，其中三十一個人最後會死於心臟病，二十四個人會死於癌症，只有一個人會以我們希望的方式告別人世——也許是在一百一十歲的高齡，盡享歡愛之後，在心愛的人的懷抱中死去！當然，我們全都想要這種死法，但曲線和機率告訴我們，不要期望過高。

我們相信，此刻生活在一個充滿敵意和掠奪的世界，而死亡正在每一個轉角悄悄靠近我們，從看不見的微生物到癌細胞，到被污染的食物和水。是的，我們全都會經驗到身體的死亡，而我們不知道死神會在何時以何種方式來臨。雖然我們可能並不知道，但每一個人都選擇了以一種特定的方式告別人世，我們選擇自己出生的家庭，當我們選擇了這個家庭，也選擇了我們的遺傳基因，以及為自己創造的生活方式。雖然統計學家喜歡說明，我們身邊的每一個人將會如何死去，但好消息是，我們可以擺脫由機率以及由基因與業報為我們預選的死亡。

當感覺死亡正向我們悄悄靠近時，我們就活在匱乏而非活在豐盛之中，並且，我們的玻璃杯總是半空的。從恐懼出發，我們就會接受這樣的信念：我必須照料自己和我的一切，因為沒有人會照料我們。我們失去了信心，不再相信大靈會守護我們，變得與他人分離，與自己分離，與神性分離；我們感覺只能倚靠自己，忘了神性之中可供我們運用的巨大資源。當我們從蛇的層次或美洲豹的層次，而不是從蜂鳥的層次或老鷹的層次來感知萬物，我們就陷在自己的故事之中——我們要不就是活在過去，希望事物變得不同，要不就是專注於未來，想要掌控住以後的事情，從來沒有全然地存在於當下。當我們以這種方式生活時，就變成了行屍走肉。

擺脫悄悄靠近你的死亡

一旦你丟棄了已經為你選擇好的死亡，你就能放下許多你的文化、種族、性別和教育所指定給你的故事。因為你改變了終點，所以，所有的中間步驟就無效了。例如，原本你事業有成，抽菸喝酒，從來不運動，但你擺脫死亡後，為了獲得健康所需要的一切會自然而然地到來，因為你不再朝著不可避免的心臟病發作而死的盡頭邁進。實際上，你將會改變自己的生命結局（運用這章後面的練習，你將學會如何改變生命結局），而這將改變你所走的道路。你的未來會像一隻大手，把你拉向一個不同的、更加健康的方向。

由於你的整個生命線將以新的方式開展，你不必再為了減肥而運動，或為了舒緩緊張情緒而毫無成效地奮鬥（但你依然需要處理這些問題），因為你的整個生命線將會受到重新指引。如果你學習像一個光的戰士那樣生活，你就會懂得，在死亡的背後只有生命。你將放下對死亡的恐懼，驅除已隱藏在你關節、組織和肌肉裡的沉沉死氣，你的身體會更柔軟，重新恢復活力。

我們也許認識一個熱愛生活的長輩，比我們遇到的一些年輕、世故、憤世嫉俗的年輕人看起來更年輕許多。我們也都知道，被死神一點一點吞噬的人們不像是在活，更像是在死——他們生活在一個充滿敵意、弱肉強食的世界裡，隨時要提高警覺、處處防備。當我們認識到自己是生活在天堂中，並努力處於阿伊尼中時，我們就會發現，世界不僅是善良的，而且會為我們的利益默默的思考著。我們會感到全然地活著，並驚訝世界是如何供給我們所需的一切。

因此，你所面對的挑戰就是，放下你的恐懼，去擁抱愛。這樣做的方法是要在能量層面而非實際層面上，面對你預選的死亡——換句話說，是在老鷹的層次上，而不是在蛇的層次上。你希望將這種死亡當作一個神聖的通道，而非急診室裡的一件災難事件。你能體驗它並放下它，這樣它就不會再悄悄靠近你；在這一章的後面，你將學習有關無畏、無為、確定和不涉入的練習，它們會讓你全然地活著，這樣你就能永遠不再讓死亡近身。

從老鷹的層次面對無限

物質層面（蛇的層次）的死亡意謂著你的心臟停止跳動，你的腦波消失。在心智層面（美洲豹的層次），死亡的結果是，你失去了你的自我感，不過這只是一段作為「你」在世上的時間。在靈魂的層面（蜂鳥的層次），身體的死亡意謂著前往另一個家庭、另一個身體和開始另一生的旅程。

當身體的死亡時，並不是一種生命的中斷：在靈性的層次上，你仍然是個有意識的能量體，存在於時間之外。你認識到自己是無限的，而死亡只是換一層皮膚——從一種形式轉變到下一種形式，是一次新的歷險，所以死亡不再是一種終極經驗或威脅。

在身體死亡之後，你離開有形的世界，進入一個無形的世界。你的靈魂回到大靈的更大意識之河中。你還保有你的記憶，不過是保存在潛意識中，所以你察覺不到。當你再次投胎轉世時，這些記憶會設定在你的第八脈輪中，並置入你的發光能場和你的身體細胞和組織之中。

當我們進行前世回溯（past-life regression）時，能再次憶起這些記憶，下一個練習會教你如何回溯前世。但我們不應迷戀前世故事，因為那只是更多的故事，不見得是有趣的。相反的，我們的目標是幫助前世的自己有意識地死去，這樣我們就能釋放恐懼，打斷前世的業報鏈，然後擺脫生生世世對死亡的煩惱與牽掛。

以下練習將讓你療癒前世死亡在你的發光母體中所留下的印記，將你自己從你那時所犯的錯誤和你的死亡方式中解放出來。你將會通過旅行到達三個特定的前世，來幫助你的前世自我和平的體驗死亡。你將原諒自己和身邊的人；指導你自己作最後一次深沉、淨化的呼吸；追隨你的靈魂回歸家園，來到完整無缺的靈性世界。你將會藉著療癒前世的最後五分鐘來與那一生做個了結。

當你能有意識的、無懼的穿越死亡之門，並且認識到，在另一個世界，只有生命、愛和寬恕……那麼你就不會再隨身攜帶任何業報或未了的事情。請記住，在這一生之前，你已經活過許許多多的前世，你不需要一次回到一個前世，以清除它們的所有記憶——你只需要處理三個影響巨大的前世。你將處理的前世是你受苦最深的前世、你擁有最大力量和知識但卻濫用它們的前世，以及你擁有最大力量和知識並用它們服務於他人的前世。

對於印加治療者而言，這不只是一種想像力的練習，因為他們知道，我們都能沿著我們的時間線一路回溯，去療癒過去發生的事情。你前世的自我將會聽到一個天使的聲音，這個聲音告訴他們，一切都得到了原諒，他們可以平安回家，這個天使就是回到過去療癒自己的你。

練習：燒掉三個前世的業報

（注：在你做這個練習之前，請將練習內容閱讀幾遍，或者用錄音機錄下來，這樣就能隨時使用。）

舒適的坐下，閉上眼睛，雙手合攏放在胸前，形成祈禱的姿勢，慢慢的將雙手向上伸至你的中心線，越過你的前額，手掌在頭頂上方合攏。然後，將手伸向你的第八脈輪，並將這個發光的「太陽」向外擴展，包住你的整個身體，像孔雀開屏一樣將你的雙手伸展向兩側，你現在已經打開了神聖空間。

雙手放在膝蓋上，做「小死亡練習」，就是一邊吸氣一邊從一默數到七，摒住呼吸，再從一默數到七，然後一邊呼氣，一邊從一默數到七，一共做十次。

＊ ＊ ＊

感覺完全的放鬆，繼續深而慢地呼吸，想像自己身處沙漠中，在一個四周圍繞著高聳紅色石牆的陡峭峽谷裡。你坐在一個清澈的淺水池中的一塊大圓石上，能看見池底的沙子，在你身旁有三顆顏色各異的鵝卵石。

一塊是黑色鵝卵石，它將會呼喚你遭受最大痛苦的前世；一塊是紅色鵝卵石，它將讓你目睹你擁有最多知識和力量卻濫用它們的前世；以及一塊黃色鵝卵石，它將向你顯現你擁有最多智慧和力量並用來服務他人的前世。

伸手拿起黑色鵝卵石，緊握在你手中，然後放開，讓它掉進水池中。觀察它掉入水中，在池塘的表面泛起一陣漣漪。注視這些波紋，並邀請那一世的影像出現。你是男是女？你的皮膚是什麼顏色？這是哪一年？你穿著鞋子還是赤腳？你是走在草地上還是鵝卵石路上？你的家人是誰？你的家在哪裡？讓這一生在你眼前展開，觀察它，但不要干涉劇情。花一點時間拜訪這個來自久遠以前的自我。

深呼吸，讓自己再次體驗這一生的最後五分鐘。對以前的自我說話，幫助他或她和平的死去。告訴他／她：「親愛的，沒關係。一切都得到原諒了，現在是回家的時候了。做最後一次深呼吸，讓你的靈魂獲得自由。」

觀察你前世的面容上浮現出平安與寧靜，看它呼出最後的一口氣，讓它的靈魂重獲自由。當你靈魂的光球離開身體，並升到房間或大地的上方，透過一個黑暗的隧道，回到靈性世界的光明之中。當你融入光明中，感覺你光明世界的父母歡迎你回家。

現在，看著這些影像漸漸消失，回到水池底部的時光之沙中，直到水面恢復平靜，再次清晰見底。

＊　＊　＊

做一次深呼吸，拿起紅色鵝卵石，它將召喚你擁有最多知識和力量、但你卻濫用它們的那一生。把紅色鵝卵石緊握在手中，然後鬆開手，讓它掉進水池中。注視水池中的波紋，這時你前世的影像開始顯現。你是男是女？你的皮膚是什麼顏色？你走在草地上、沙地上還是鵝卵石路上？你住在村莊還是城鎮？你的家在哪裡？這是哪一年？

繼續觀察：你是如何長大的？你有什麼天賦和才智？是誰栽培了你？你是如何運用你的知識？你如何濫用了你的力量？你心愛的人發生了什麼事？你是如何變老的？你和誰結婚？你的孩子是誰？你是怎麼死的？在你臨死之前，是誰在你的身邊握著你的手？你不肯原諒誰？誰沒有原諒你？

現在，讓自己再次經歷這一生的最後五分鐘，對你前世中的自我說話，並幫助他或她和平的死去。同樣地，告訴他／她：「沒關係，親愛的，沒事。一切都得到了原諒，現在是回家的時候了。做最後一次呼吸，讓你的靈魂重獲自由。」

觀察你前世的面容上浮現出平安與寧靜，看它呼出最後一口氣，並讓它的靈魂獲得自由。當你靈魂的光球離開身體，並上升到房間或大地的上方，透過一個黑暗的隧道，回到靈性世界的光明之中。當你融入光明中，感覺你的光明世界的父母歡迎你回家。

現在，看著這些影像漸漸消失，回到水池底部的時光之沙中，直到水面恢復平靜，再次清晰見底。

* * *

做一次深呼吸，拿起黃色鵝卵石，它將召喚你擁有最大智慧和力量並且你正確運用它們的那一生。觀察這顆鵝卵石掉進水池中，在水池的表面泛起一陣波紋，看著波紋，這時你前世的影像開始形成。你是男是女？你的皮膚是什麼顏色？你穿著鞋子還是赤腳？你住在哪裡？這是哪一年？你是如何長大的？你有什麼天賦？誰教育和培養了你？你為誰服務？你愛過誰？你有什麼才能？你是如何變老的？你是否受人尊敬？你是如何死的？在你臨死時誰在你的身旁？

現在，讓自己再次經歷這曾經是你但不再是你的一生的最後五分鐘，並幫助他或她安詳的死去。告訴這個自我：「沒事，親愛的，沒事。一切都得到了原諒，現在是回家的時候了。做最後一次呼吸，讓你的靈魂重獲自由。」

看著你前世的面容上浮現出平安與寧靜，看它呼出最後的一口氣，並讓它的靈魂重獲自由。當你靈魂的光球離開身體，直上高空，穿越一條黑暗的隧道，回到靈性世界的光明之中，你的光明世界的父母將歡迎你回家。

現在，觀察這些影像瓦解，並消散回水池底部的時光之沙中，直到水面恢復平靜，再次清晰見底。將你的手交叉置於胸前，做三次深呼吸。回到房間，重新完全進入你的身體。用力抖動你的雙手，合掌揉搓。現在，用雙手摩擦你的臉，睜開眼睛。伸展你的雙臂，再次在你頭頂上方的第八脈輪合攏雙手，以關閉神聖空間，雙手放回祈禱的姿勢。

日記練習：你希望別人如何記住你

既然你已經清理了這些前世死亡的記憶，你就能為你在地球上的下一段旅程繪製一條得到療癒和更具力量的路線。

想像你已經活了很漫長、豐富的一生，現在你即將死去。寫下你自己的頌詞，詳細描寫你如何過生活？如何去愛？冒過什麼險？如何服務他人？以及你希望別人如何記住你的細節？如何與人交往？你學到了什麼？你克服了什麼？對你來說什麼最重要？

當你寫完這篇頌詞，也許想要與所愛的人分享，因為它是一張生命路線圖，你受到召喚去過這樣的生活，但卻可能沒有這樣去行動。想一想你是否真的走在你的生命道路上；如果不是，那就問自己，今天需要做什麼樣的改變？

神聖意志

在我們驅逐內在的死亡後，就會明白我們可以改變自己生命中的任何事情。沒有什麼危險是難以克服的，沒有什麼努力會令人畏縮不前。當恐懼不再成為我們的動機，我們就能明白每一刻都是完美的，不再害怕自己無法掌控的事物，學會尊重大靈的智慧，而不是將我們的意志強加在環境上，這是真正力量的道路。

當我們與大靈的關係不再受恐懼的污染時，就無須讓中間人來幫助我們與神性連絡。我們可以在晚餐時與上帝面對面坐在一起，大膽卻充滿敬意的要求我們想要的事物，並說：「願能如我所願。」

如果覺得直接去連結神聖聲音是件冒昧唐突的事，那是因為我們依然陷於受害者的三角形關係中，將上帝視作終極的拯救者。我們大多忘記神話中曾顯示過一些例子，有些愛上帝的人，當他們想要什麼，就誠實又坦率地向上帝要求。

例如，《聖經》中，上帝告訴亞伯拉罕，祂的子民已經迷失了，要他去看看所多瑪（Sodom）和俄摩拉（Gomorrah），上帝將要毀滅這兩座罪惡之城。亞伯拉罕問上帝，如果他可以找到五十個正直的人，上帝能不能寬恕這兩座城？上帝考慮之後同意，如果亞伯拉罕可以在所多瑪和俄摩拉找出這些正直的人，祂就不毀滅這兩座城。然而，亞伯拉罕無法找到五十個正直的人，因此，他回到上帝那裡，重新協商，他問上帝是否願意接受三十個正直的人。上帝同意了，但同樣，亞伯拉罕無法找到這麼多正直的人。

於是繼續協商，上帝同意，只要亞伯拉罕帶來十個正直的人，祂就寬恕這兩座城。最後，上帝寬恕了城中唯一正直的人：羅得和他的妻子及女兒。

現在，亞伯拉罕可能會對上帝說：「我是正直的人——這是否足以讓你寬恕這兩座城和它們的居民？」因為大靈的寬恕是無限的，所以能夠一次又一次的去與祂商議，而我們也必須尊重神聖意志，因為或許有著我們不甚了解的神聖計畫。

我們不可能像大靈一樣能夠看見整體的意象，如果我們採取了如蛇或美洲豹層次的路線，雖然那會使我們心理上感到安全舒適，但也因此有可能無法了解到我們內在所擁有的成長和知識。即使我們渴望著物質財富和溫暖，但我們的靈魂吸引來缺少豐盛與溫暖的家庭，父母不輕易給出愛心。從蜂鳥層次的知覺告訴我們，萬事萬物如其本來的樣子，都是完美的，無須改變。從老鷹的層次，我們知道：「天父和我為一。」

「我」不再存在，只有大靈，而且除了大靈的意志之外，並無意志存在。除了上帝之外，沒有其他的行動者，我們也無須費力去完成任何事（這是無為的練習，稍後將進行討論）。

對於光的戰士而言，真正的戰鬥是要超越我們所傳承的業報。這樣，我們就能不再重複前世犯過的相同錯誤，並為今生設置一個預定的課程。我們面對的最大挑戰存在於我們的內在，而且是虛構的。如果我們戰勝了，就能從我們個人與集體歷史的夢魘中醒來，將我們的存在之夢化作實相。

療癒你過去的感情創傷，並不會自動給你帶來一段美好的感情，同樣的，療癒你的業報只是讓你為這條道路做好準備——然後你就必須走上這條道路。這樣做的方法是做四個練習：無畏、無為、確定和不涉入。

無畏的練習

無畏的生活就是主動練習和平及非暴力，即使是在正在受到威脅的時候。這並不是指，我們不要保護自己和我們所愛的人——而是指，我們不以憤怒或暴力來回應。我們想以暴力解決問題的傾向深植於我們的腦海中，它以一種非常奇怪的方式運作，在腦中，我們體驗到快感的區域很接近我們體驗暴力的中心，因此，當我們刺激兩個當中的其中一個時，其實常常是刺激了另一個。

我們似乎是唯一一種頭腦被設置成這種樣子的哺乳動物。這就是我們（尤其是男性）會頻繁的將暴力和快感連繫在一起的原因。我們喜歡看動作電影，尤其喜歡看好人把子彈射進壞人的身體。孩子的電腦遊戲中，大多數都有把敵人的腦子打爛的內容，而且在所謂的色情電影裡，每五分鐘就會有侵犯女性的行為。當這些頭腦中心受到過度刺激，它們之間會形成高度的連結，所以往往在戰爭時期裡，會普遍出現性虐待的現象。當我們面對看似是問題的情況時，會狂熱地穿上盔甲，拔出寶劍宣戰。

然而，我們確實有其他選擇。每個洞見中所包含的練習都會去刺激與快感、狂喜有關的頭腦中心，並抑制負責侵略的頭腦中心。當我們練習無畏時，就能活在和平之中，並練習非暴力。當我們具體表達和平時，周圍的人就會有一種平靜和安詳的感覺。甚至身處戰爭時期，我們也能在安寧的綠洲中生活。

無畏能讓我們超越暴力，是因為暴力是根植於恐懼之中——害怕被拒絕、被利用、被嘲笑、被傷害。要學習無畏，應練習用愛去接近人們和情境，這樣其他人也就能放下他們的憂懼和暴力傾向。

在一個充滿強姦、謀殺和攻擊的世界，這看上去會像是一種膽怯的回應。當我們揮舞刀劍時，就會有一種控制和力量感。我們縱情其中，很投入扮演好鬥與活躍的角色來改變世界，但我們忽視了暴力只會招致更多暴力這一事實。我們把戰爭視為一種解決方法，但我們施加在別人身上的暴力會讓對方更加心懷敵意。確實，我們也許可以讓他們服從，但如果不幫助他們放棄他們的憤怒或恐懼，那麼我們所做的一切就是為下一場衝突埋下種子。

我們談論反對恐怖主義的戰爭、反對毒品的戰爭，以及對抗疾病的戰爭——很難想像，如果不向它們宣戰，我們如何能解決問題，但我們不得不承認，這些戰爭只是招致了更多的恐怖主義、更多的毒品和更多的疾病。在美國，這個世界上最富有的國家，儘管發動了所謂的反對貧窮的戰爭，但每天仍有近百分之二十的孩子在挨餓。因此，我們要如何才能以不宣戰的方式來處理這些問題？

無畏與反戰的精神

練習無畏意謂著我們首先要消滅內在的貧窮、恐怖主義和戰爭。不要一直認為自己是對的，並調整我們感知問題的層次，才能真正的去處理問題。

許多年前，英國和法國之間發動了一次又一次的戰爭，來消除他們所感受到的匱乏。他們砍下許多樹木以建造戰船，想要透過戰爭來獲得權力和財富，到最後，他們砍伐森林的結果是減少了每個人的資源。如果他們能明白創造他們的匱乏感的，不是別人，正是他們自己，那麼，他們就有可能發現一個更具建設性的方法，以確保擁有真正需要的東西。

我們同樣容易忽略發動一場戰爭的代價，而專注於如何能分一塊更大的餅。我們不願把自己想像成是貪婪的——我們只是比較謹慎，儲備財富以防不時之需，這樣就再也不會感到不安全。當然，我們從來沒有做到過這一點，因為在婚姻、股市、工作、房地產或任何物質中尋找安全，無法讓我們真正感到安全。

光的戰士會建立和他人協同合作的關係，而非試圖征服他們；結果，我們很容易在共有問題上找到相同立場和解決方法。我們不是堅持相信自己有匱乏或自己會被人利用，而是勇敢地信任他人，並找到雙贏的解決方法。當然，這看似天真，而我們內在某個聲音會說，真正的生活並不是這樣運作的。但是，自然中最成功的有機體都是相互合作的結果，就像人類身體也是許多器官和組織共同運作的產物。

我們再也不必接受假象，認為我們有敵人、必須不斷戰鬥和征服。正是這種心理，讓我們向占據了「我們的」停車位的司機大喊大叫，或認定我們的伴侶故意不洗碗，是為了要把我們逼瘋。我們不必完全信任遇到的每一個人，或否認犯人逃脫的危險性，但也不必為了防範不測而隨身攜帶寶劍。

身為光的戰士，我們睜開眼睛，這樣就能看到他人內在和平的能力，即使他們並沒有表現出來。一些心理學家說，我們會將自己黑暗的一面（我們的陰影）投射到他人身上，為了避免面對自己未療癒的自我而創造出敵人。然而，把錯誤歸罪於他人，讓我們忽略自己加害他人的力量，並阻止我們獲得創造性的療癒能量，而這能量可以使我們創造出一個更好的世界。

練習無畏時，我們不必創造出敵人或執著認定有「壞人」，因為這樣做只不過是為了使自己安心，認為自己是善良的受害者。我們說服自己，覺得自己軟弱無力，這也許聽起來奇怪，但在心理上卻非常管用。如果我們將自己視為受害者，就會有藉口做更多的犧牲。

當我們在蛇或美洲豹的層次而不是在蜂鳥的層次上感知時，就會專注在我們的對手和他們對我們犯下的所有罪行上，因而忘了問這個有力的問題：在這裡，創造豐盛和療癒的機會是什麼？在蜂鳥的層次，我們嘗試找到創造性的方法，以便和意見不同的人們協商，也不會因為堅信自己才是好人而忽視雙方的共同之處。

當我們跨越恐懼、暴力和死亡之外，就能擁抱光的戰士之道；就能創造和平，而不是發動戰爭。聖雄甘地就是最好的榜樣，即使面對暴力，他依然倡導和平，他改變了十億人的歷史。這個練習對我們來說並不困難。

無為的練習

我們練習無為，讓自己沉浸在宇宙之流中，接受它提供給我們的機會，並與它一起運作，而不是掙扎著讓每一個人和每一件事都合乎我們的計畫。

光的戰士的世界不是由攻擊力所推動的——光輝本身就能打敗黑暗。無為是指生活在愛、創造性和可能性的光芒中，而不是去推動和戰鬥；我們讓萬事萬物自然展開，因為我們臣服於宇宙的智慧，信任它的善良和豐盛。當我們練習無為時，此刻就不會把精力花在某些事上，因為這些事到了明天自然會有解決之道。我們不會精心細膩的管理生活中的小事，因為內心深處知道，我們是在大靈的守護中。

在西方，我們解決問題和讓事情完成的唯一方法，就是努力地工作，其實這種想法是錯誤的。當我們看見一個人不事生產時，就認為他懶惰。基督教要求我們努力苦幹，因為我們已被逐出伊甸園，並注定要辛苦勞作。我們學到的是：「懶漢做的是魔鬼的工作。」因此不認為自己可以有閒暇時間。

一個墨西哥人遇見一群澳洲土著，他問他們，他們是否有一種叫作

「mañana」的觀念。這個人解釋說，對於墨西哥人來說，mañana是指今天不要急著去做到了明天自然會完成的事情。

這群土著老人商討了好一會兒之後，其中一個人回答說：「是的，我們也有這個觀念，但我們的觀念中卻沒有這種急迫感。」

無為的練習並不要求我們開啟自己，將意識專注在精神世界，然後出家，在一座遙遠的山頂上度過一生。為了生存，並使我們的社會保持運作，有些事是我們都必須做的，但我們不必居住在「有為的王國」，並被我們的義務（和我們的成就）所占據。即使我們忙著做這做那，也不必讓自己認同於忙碌，沉溺在各種活動中。我們可以把要做的事列成一張長長的清單，但設定優先順序，放下小事，這樣仍然能讓每一件重要的事都得以完成，因為我們相信宇宙將會照料每一個細節。當我們在工作、休息或和朋友或家人在一起時，能夠全然在那裡；而且能區別什麼是重要的、瑣碎的和無關緊要的。我們把重要的事交給上帝，然後忘掉其餘的一切。

我們常常處於匆忙中，因為我們都喜歡覺得自己是重要的。我們說服自己，如果我們不是一直忙碌，就會發生可怕的事。當我看到參加我的講座的人，一到下課時間就衝向公用電話或拿出他們的手機，總會覺得很有意思。我常常猜想，也許他們的電話中有百分之五是緊急的，但大部分的人只是喜歡覺得他們的辦公室需要聽到他們的消息，或者可能會有一個重要的留言告訴他們需要做什麼。

這種忙碌助長了我們會永遠活下去的幻覺。我們有如此多的事要做，但時間卻如此之少，我們相信，我們是如此重要，所以不可能死去。我們告訴自己，如果我們不做甲、乙、丙、丁等等這些事，那麼那些仰賴我們的人就不可能正常生活。然後，當我們被裁員，或者我們的孩子告訴我們，他真的不需要我們的幫助，要我們不要去煩他時，我們就會徹底垮掉。我們恨別人提醒我們，說我們跟其他人一樣都會被消耗殆盡。其實，即使我們已經不在了，地球繼續繞著太陽轉，而人類也將繼續存在下去。因為害怕這個真相，我們的小我讓我們執著的認為自己是很重要的。

我們持續的忙碌，使我們更容易避免處理自己的情緒。當我們停下來，感覺自己的感受時，就能開放自己，讓大靈之手在這一刻撫摸我們。相反的，若是我們對自己需要療癒的部分視而不見，則會阻礙了自己的成長。例如我們告訴自己，沒有時間或足夠的金錢來滿足自身靈魂的需要，不讓自己花時間去治療或夢想。

有趣的是，當我們停下來思考「應該」做什麼，並面對正在發生的事情時，我們最終會變得更具建設性和創造性。我們會真正的寫那份該寫的報告，而不是毫無目的的上網、然後愧疚地回到手頭上老是做不完的工作……因為我們無法讓自己保持專注，所以覺得工作永遠做不完。那麼。專注於當下，而不是擔心今天下午或下星期必須完成的事情，這會讓我們打開眼睛，看到其他的可能性，若是我們總是忙著完成事情，證明自己是很重要的，那麼就會錯失這些可能性。

試著不要把自己看得太重要。最成功、最有趣的人，是一點都不認為自己有多了不起的人。他們會被自己逗樂，知道生活是一場扣人心弦的冒險，充滿許多意想不到的曲折。就像好的小說家一樣，他們帶著創意過生活，打開心胸迎接機會，順勢而為，看著事物自然展開。他們所創造的故事既豐富又令人驚訝和滿意。

你藉著居住於老鷹的層次來練習無為，在這個層次，你的存在不再與大靈分開。在這裡，不再有作為者，事物只是自然發生。

確定的練習

要練習確定，就是要對你已選擇的道路有一個不可動搖的承諾。也就是說，你不再擔憂自己犯錯或還不夠好、不夠瘦、不夠富有，或年紀太大無法做想做的事。我認識一位企業家，在七十歲時轉換事業跑道，成為非常成功的畫家，即使他身邊的每個人對他事業的轉變都不看好，抱持保留和懷疑的態度，但他從不懷疑自己。

確定意謂著我們故意選擇不留給自己留下任何「後路」，那樣會讓我們一隻腳走上新路，而讓另一隻腳留在門口。例如，當我們在談戀愛時，我們不會留意還有沒有其他可能適合的伴侶，以免「萬一」還有更好的人選。

在我將近四十歲時，第一次當上父親，我對這種經驗完全沒有準備。在我內心我告訴自己：「嗯，如果作父親不稱職的話，我隨時都能拿著我的帳篷重新回到亞馬遜去。」畢竟，我已經在亞馬遜地區遊歷好幾次，覺得在那裡很舒服。而為人父母是一種我從來沒有過的經驗，這要比深入叢林、遠離文明的想法可怕得多。

這種態度使我無法全心全意的與家人相處，因為我在內心深處覺得，如果情形不妙，隨時可以一走了之。一旦你留有後門，就無法創造你想要的事物，因為你的能量被分散了。失敗會變得不可避免，因為你不願作出完全的承諾。最好是把你身後的橋燒掉，鎖上所有的後門，完全投身於你已選擇的道路。當然，你應該對你想要做出的決定非常了解，並小心衡量後果，一旦你已作出選擇，就要練習確定。

結婚之後再考慮你的配偶是否真的適合你並不具有建設性，如果只注意婚後衍生出來的各種問題，會使你無法看到創造良好關係的機會。

因此，要勇敢，但不要愚蠢。如果你要去游泳的水域中有鯊魚，那就隨身攜帶驅鯊劑。一旦你已經跳進水中，就不要費神去想你正在那裡幹什麼……因為這樣你會變成鯊魚的午餐。

確定的練習確保你所有的努力都會有一個正面的結果。另一方面，不確定源自於恐懼，而且會破壞你的所有行動。因此，練習確定的第一步驟就是熟悉你的後門。一個學生有一次告訴我，如果她無法順利法發展成一名治療師，她總可以做一個流浪漢。雖然這個想法安慰了她，讓她知道她可以在大街上生存，我仍協助她關上這一扇門，因為這種想法，即是預選了一個她不可能成為治療師的未來。

後門會洩漏可以用於實現你夢想的能量，是恐懼在你內在躲藏的地方，是對失敗產生自我應驗的預言。然而，後門和退場策略之間是不同的，換句話說，當你和你的朋友合開的自行車店不成功時，如果問題無法解決，不要因生意不好而互相指責，而是有一個友善拆夥的辦法，這樣的退場策略是好的。

要記住，確定的動力來自愛和無畏，但一扇後門是由恐懼所驅使。燒掉你身後的橋，這樣一來，除了成功你別無退路。

不涉入的練習

當你練習不涉入時，你故意選擇不加入戰鬥，特別是當戰鬥的理由是由對手決定時。即使當有人渴望戰鬥，渴望創作一部會讓他們感覺像高貴的拯救者或受害者的戲劇，這並不表示你必須配合演出。而最接近你的人是最擅長觸動你按鈕的專家，你的配偶和孩子知道，如何在幾秒鐘之內將你逼到發狂和激戰的邊緣。

我記得曾經問過一位擔任戰鬥機飛行員的朋友，軍隊是如何教他們進行空戰的，就像我小時候在電視上看到的空戰那樣。他告訴我，如果能夠，你永遠都不要進入一場空戰中——你要在你的對手知道你在那裡之前，就要讓戰鬥結束了。你的目標是保存自己的精力，並按你希望的方式運用你的精力，而不是把精力耗在別人有意要玩的正面衝突中，讓自己精疲力竭。他解釋說，你一旦加入，就已經輸了。

因此，如果你選擇加入一場爭論，要注意你是為了好玩而這樣做，你爭論是因為你喜歡爭論，而不是因為想要打敗此刻的對手，或證明你是對的。地球守護者說，如果你與西班牙征服者進行戰鬥，你永遠不會勝利；事實上，你所能希望的最好結果是一個僵局。你沾著血跡回到帳篷，把刀劍磨得鋒利，第二天回到毫無成果的戰場。問題是：你想要證明自己是「正確的」，還是想要和你的對手接觸，找到雙方的共同之處並取得雙贏？你是想要永遠堅持你的觀點，還是想要解決問題？

我們很少問自己這些問題，因為我們被無意識的引入由自己編寫的生活故事裡的戰鬥中。如果我們的故事是一個不被欣賞和被誤解的故事，那麼，我們的小我就會不斷尋找機會以證明情形就是如此。如果我們在商店排隊，有人要插隊，我們就會抓住機會責問他們，並要求我們所應得的尊敬。如果我們在乎的人忘了做我們要他們做的事，我們就認定他們的動機極其自私，並指責他們對我們不尊重。同時，實際情況可能只是對方疏忽了，或正被他自己的問題所困擾著，如果我們說：「你堵住了我汽車的車道，對我造成不便。」實際上對方會感到愧疚並道歉，但我們往往不會給他機會解釋，而是選擇延續我們的故事。

當然，我們有時會身處這樣的情境，完全投入在創造一齣戲碼，並扮演著某個角色。此時，在他們已經計畫好的戰鬥中，我們很容易被引誘去扮演角色。但是，如果我們真正想要成為光的戰士，並和真正的對手（我們受傷的自我）戰鬥，而不是將它投射進世界，如此比較容易讓自己從這些戲碼中脫身。如果因為我和伴侶彼此意見不同就生她的氣，那麼我知道，我最好是去解決自己內在的衝突，而非和她開戰，想讓她接受我的立場。我有時會對我的伴侶說：「這聽起來就像是在邀請我去防禦自己。」因而我們避免了一場爭吵。因為自己沒有被療癒而投入征戰，只會使我自己的受害者／加害者／拯救者的戲碼永遠延續下去。

我們願意放棄什麼

為了練習不涉入，我們必須是完全可協商的，而又完全不妥協的。這就意謂著，我們必須願意協商，且要有所放棄。我們可能必須放棄自己的優越感或是掌握每個細節的堅持，不再固執於要用哪種方式來完成某件事。在喬納森．斯威夫特（**Jonathan Swift**）的《格列佛遊記》（*Gulliver's Travels*）中，兩個國家因為爭論水煮蛋應該從大的一頭開始吃還是從小的一頭開始吃而開戰。這是一幕荒謬的景象，但我們常常過於看重自己的地位，而不是專注在解決問題，因而陷入沼澤地中，無法前行，因為如此執著於自己的故事，以致於無法分辨什麼是我們願意放棄的。

我們缺乏彈性，這一點不僅能在我們的個人生活中見到，而且也在國際關係中見到。早在一九七九年，在第二回限制戰略武器談判中，美國和蘇聯之間達成一項條約，但美國從來沒有批准，因為在蘇聯允許美國對它的核能設施進行查核的次數，以及蘇聯查核美國的次數的問題上，兩國無法達成一致的共識。沒有人討論這些查核要如何進行，或什麼情況下需要進行查核。蘇聯人會不會在我們的核能設施中翻閱最高機密文件？他們來訪會不會只是來喝杯茶？這些細節從來沒有討論過。

在雙方每年獲准查核的次數問題上，談判陷入了僵局。雙方的談判協商人員對對方漸漸產生疑心，愈來愈固守自己的立場：例如，蘇聯想要每年只進行五次查核，而美國想要進行七次查核。雙方都不同意對方可以不負責任，而雙方都拒絕更具創造性地探討彼此的共同立場。

當我們練習不涉入，即使我們努力想要與他人達成一致，但當涉及到我們的品格或我們的信念時，我們也必須做到絕不妥協。要做到這一點，就必須非常清楚自己真正的價值是什麼，這樣協商才能有效率的進行，而非不停的爭論無關緊要的細節，讓自己精疲力竭。

身為光的戰士，我們就要超越恐懼和死亡，並能將愛與美帶入每一次的相遇之中。現在，我們已準備好走向看見者的道路。

第5章 第三個洞見：看見者之道

成為一個看見者（seer）是輕輕的走在世間，藉由夢想的力量將自己的天命化成現實。

在現代的世界裡，夢境指的是在睡覺時發生的事。想要體驗夢境，你需要躺下來、閉上眼睛，進入深沉的幻想裡，讓畫面湧現。對於地球守護者來說，在每天睡眠與清醒時所做的夢，其中的奧祕與劇情幾乎沒有差別。地球守護者即使在睡夢中也試著要保持全然的清醒，相反的，普通人在清醒時也是全然沉睡的。當地球守護者清醒時，能夠將一個優雅而美麗的世界夢化為實境。在本章裡，你將會學習到如何在清醒時創造，並明白為何你的夢（和夢魘）總是會成真。

夢這個字往往有負面的含義，因為我們覺得白天作夢是在浪費時間，晚上的夢則是毫無意義，或者頂多是一種從潛意識裡浮現出來的訊息。我們並不明白我們確實在創造我們的生活，將世界夢化為實境，所以能夠在清醒時精心雕塑美麗的願景是很重要的。

當你熟練了睜開雙眼來作夢時，便不再無意識的過日子。你能創造一個豐富的人生，而非活在一場由外在社會替你構想出來的集體夢魘，於是你成為你的人生史詩的作者，不再愚昧的捲入周遭所發生的事情。當學會作夢時，你不再需要演出受害者、拯救者或是加害者的角色，並將自己從人生故事裡的限制釋放出來，無須為了獲得虛假的安全感而緊抓住這樣的故事。

要做到這一點，你需要培養像蜂鳥般靜靜飛翔的特質，超越任何靈感的語言，無須思考如何解決問題，而是進入你的靈魂的寧靜中，為你想要的世界雕塑願景，不論那畫面是跟你自己的生活有關，還是跟所有在這星球上的人有關。

覺知你清醒的夢

在開始雕塑你的願景時，你要能覺知到你清醒的夢境和象徵的意義。在心理分析中，你會知道在睡夢中出現的每個象徵，都代表你自己的一部分，例如令人害怕的鬼魂、小仙女、著了火的房子等等，這些都可以解釋為不同層面的你。舉例來說，當我在研究所時，曾夢到我在一個隧道裡，有個火車頭向我疾駛而來，對著我閃著嚇人的車燈。我去找一位非常善於分析夢境的教授，想了解這夢的意義。我認為夢中的我就是自己，而火車頭代表在大學裡的課程，它使我感到無比的壓力，我彷彿還沒畢業就已被壓垮了。

我的教授同意這樣的解釋，但認為這只是一種表層的詮釋。接著他問我，哪個部分的我代表著火車頭正失控的迎面撞來，有無注意路上有什麼東西？然後又問道，隧道代表的是哪個部分的我，能將所有的層面安全的包在裡面？後來，我辨認出是哪個部分的我感受著巨大壓力，同時也深切體認到，火車頭所代表的是使命與方向感，地下隧道代表的則是我的潛意識，將一切元素安全的保有在其中。

你可以運用這個分析法來檢視你所作的夢，因為隨處都是象徵，你所經驗到的每一件事都反映著某部分的你，所以當你能以這樣的方式感知實相，你就會明白你已是如何在夢想出你的世界。

我曾經去拜訪一位住在美國西南部的女巫師，她的小木屋十分簡陋，位在樹木生長線以上的高山上，她之所以有名是因為她能協助你解出夢中所隱含的訊息。前往她木屋的小路並沒有清楚的路標，有好幾次我都得半路折返，改走別條路。到後來，我迷路了，得在沿著峽谷頂端的陡峭堤坡往上走，爬到一半，我不慎滑倒，扭傷了腳踝，只能一跛一跛的走去她的小屋。那時我氣呼呼的，又汗流浹背，納悶自己為何要走這一遭。

當我見到女巫師時，很客氣的向她問好，她直截了當的問我，大老遠跑來這偏僻的山上有何貴事。我告訴她，我曾在附近拜訪過另一位著名的巫師，從他那裡得知她擅長解夢，想請她幫我解一個幾天前做的噩夢，她小心的打量我，過了一會兒請我坐下來，說道：「先讓我們解解今早發生的事，告訴我你是怎麼走來這兒的，然後我再告訴你關於你的事。」

當我從窗外望出去，看到她的敞篷運貨小客車正停在車道上，還看到一條乾淨的碎石路通到她的小屋，顯然，今早我選了一條最難走的路來到這裡。後來，我理解到這段路途象徵著我艱辛的人生：我總是走錯路、心中充滿挫折，失去耐心，最後身處絕境，必須以最困難的方式往上爬，使自己在過程中受傷。當我就讀研究所以及在亞馬遜叢林進行研究的頭幾年，也是這個樣子。跟我同行的人類學家們幾乎都知道，我容易在最不可能迷路的地方迷路。當我渴望想了解夜裡夢境的神祕象徵時，卻完全忽略在白天虛幻裡所經歷的事。

跳脫媒體操弄的思考模式

睡覺的時候，我們往往會覺得無法控制在意識裡頭出現的東西，甚至白天醒著的時候也是這樣。我們也一直被教導，在人生的過程中，會有很多事情發生在我們身上，我們若要改變這世界，最好就是更加努力工作，並試著去影響其他人，讓他們變成我們想要的樣子。於是，我們訂下規則，試圖嚴格的執行，但總是無法令人滿意（有趣的是：在聖經的十誡裡，其中有五項是在規範我們原始的爬蟲類和哺乳類的腦，與蛇和美洲豹的層面有關）。我們很少會想到以不同的角度想像事情，以更具創造力的方式解決兩難。因為，若要做到這點，我們必須從蛇與美洲豹的階段提升到蜂鳥的層次，因為蛇與美洲豹只是本能的顧及私利而已，在這種較低的覺知層次上，我們會停留在社會文化灌輸給我們的想法。

在美國，現在有一個電視新聞頻道，它並不著重在打開觀眾的視野，反而不斷的播送他們已經相信的事物。觀眾們從電視上尋求安慰，並認定這世界是不值得信任的，雖然充滿了像他們這樣有責任感的好人，願意分享他們的觀念，但是也充滿了做盡壞事、抱持不同想法的壞人。

由於受到社會文化的薰染，在美國不再過著民主的生活，而是過著媒體統治的生活。媒體深受贊助商的影響，甚至將國際要聞編輯成觀點評論。早在一八八〇年，有位紐約時報的作家——約翰．史雲頓（John Swinton）說：「新聞事業就是破壞真相，因為我們是幕後那些富人的工具與奴隸。」這種感覺延續到現在，因為廣告贊助商出錢支持新聞，他們的用意是在創造更多來買漢堡的好顧客，並非幫助觀眾們跳脫框架來思考。

當我們不加思索的接收晨間新聞所說的每件事情，就會失去將這世界創造成我們想要的樣子的能力。雖然我們無法夢化出一個沒有犯罪的世界，但可以想像，暴力與犯罪不再出現在我們的生活中，我們既非受害者也不是加害者。

坦白說，多數人的現實生活並不理想，如果生活很理想的話，就不會有那麼多人藉著毒品與酒精來逃避痛苦。對絕大多數人而言，現實生活是一場惡夢而非快樂的夢。

在政治上我們常說：每個人都有能力去創造或改變自己的現實生活。那麼，印度的三億窮人是否在作錯誤的夢呢？還有在二〇〇四年南亞海嘯的罹難者、隔年因美國卡崔娜颶風而無家可歸的難民呢？看到這些災難，很容易讓我們忘記諸如「我們能將世界夢化為實境」等新時代名言，而將這些災難歸咎於貧窮的力量，是貧窮導致人們活在如此痛苦的境界中。很多人認為，如果我們消除貧窮，就不再會有痛苦了，但事實上，財富無法治癒苦難。我所遇過的最不快樂的人當中，有的是生活在金字塔的頂端，而在我見到過最快樂的人當中，有許多卻是活在極為儉樸的物質環境裡。

這個「將夢想的世界化為現實」的概念，並不是疏離社會或逃避需求的替代品。相反的，這些悲劇推動著我們去協助他人，不要等到大難發生時才喚醒我們去分享資源，停止對環境的破壞。我們可以夢化一個沒有災難臨身的世界。

如果有更多人心懷希望與可能，我們可以創造出極大的改變。舉例來說，我決定讓賀氏出版社（Hay House）出我的書，其中一個理由，即是他們致力於讓世界變得更好。有一家紐約的大型出版社，願意出更好的價錢來出我的書，但我拒絕了，那時我的會計師對我的決定感到十分不解。賀氏出版社將他們在南非銷售的所有利潤捐給那些被父母遺棄的愛滋小孩。我很樂於看到自己的書能對此事給與支持與協助，而且知道自己加入了一個更大的團隊：從書籍裝船運送開始，到送到業務員的手上，每個人都分享著同一個願景，一起共同夢想。

身為一個看見者，你可以拒絕媒體與身邊的人所呈現給你的惡夢，不必一定要參與下列這種夢：每個人生活的目的是作個乖孩子、好學生、畢業了就結婚成家、有穩定的工作、在好環境的地方買幢房子，電視機裡有兩百個頻道，然後你退休了，住在有管理員的社區裡。雖然這或許是典型的夢想，但未必就是你的夢想，因為你能創造許多更有趣的夢。

對於集體夢想所認同的可能與不可能的事、可接受的與不能接受的事，往往我們會理所當然的接受。最近，我有位朋友從紐約市區搬到一個小城市，雖然她搬去的城市裡，從她家附近到市中心，有大眾運輸服務和自行車道，但仍有許多新鄰居對她不買車的決定感到驚訝，認定她不可能受得了種種不便，例如在大冷天裡走過幾條街去買東西。事實上，當她住在曼哈頓時，已經過了好幾年這樣的日子，但是她的新鄰居已經太習慣開車出門辦事情，所以會覺得我朋友的決定是很荒謬的。他們不習慣跳開慣性想事情、敞開心接受新的可能性。

事實上，絕大多數的人沒覺察到，我們是被夢想出來的，也沒察覺到有能力想像出自己獨特的夢，當我們從狹隘的經驗裡跳脫出來面對新的體驗時，才會理解到自己有能力作夢：比方說，來自美國聖經地帶（美國南部和中西部正統主義信徒多的地方）的年輕人，離開家鄉去上大學、進軍隊或是到大城市發展，他們會很驚訝，原來世界上有不可知論者，而這些人可以如此正直而有品德。

當早年在接受治療者導師給我的訓練時，他教導我看見自己信念的限制，安東尼歐和我走在阿蒂普拉諾高原上（南美安地斯山的一個高原），那是一個乾燥的高原，從祕魯的庫斯科延伸到的的喀喀湖。我告訴安東尼歐，基督教的傳統教導我們，每當有需要時，便向上天尋求協助或指引。他微笑的說，治療者會尋求大地之母的協助，而不是上天。

一路上，對於神性是存在於上界的想法，我很固執的堅持己見，當我們正要走進一個小村落，看到右方有三匹馬。安東尼歐指著地上的馬糞，叫我舀一杓到我們現在所站的位置上，我找到一張紙板來當鏟子，當我回到他站的地方，看到他已經在地上挖出個小洞，他說：「把一半的馬糞放在裡面。」我照做之後，他就用土把洞填上，然後指著附近的一塊大圓石，要我把剩下的馬糞放在石頭上。接著我們繼續向前走，他對剛才討論的這件事不再發表任何意見。

兩個禮拜後我們又走回到這個村子，那時我幾乎忘了這檔事，但他還記得，他走向當初挖洞的地方，說：「把它挖開。」當我挖了幾吋之後，他說：「你看，馬糞已經變成肥料了。」然後他走到那圓石邊，指著上頭那堆乾掉的馬糞說：「它看起來還是一堆糞、糞臭味還在，不是嗎？大地之母覆蓋住萬物，並復元它們的生命，包括我們的痛苦、心酸與悲傷，甚至是我們的排泄物。」

一直以來，我都相信神性是高高在上的，就像祈禱文裡說的：「我們的天父，在天上的父……」所以，我還無法接受神性是黑黑的、肥沃的、潮濕的樣子——就像女性的大地一樣——也無法接受神聖的事物存在於每天的生活中，存在於腳下踩的大地上，因為我認為神性應該是純潔、乾淨、高掛在天上，遠離世俗的。

雖然身為一名人類學家，我所受的教育告訴我要尊敬各種族群的信仰，但面對我所研究的土著信仰，我還是有著優越感，畢竟我擁有博士學位，沒覺察到我已經陷在我的文化、宗教和教育所為我想像的夢裡。後來我了解到，多數人賴以維生的集體大夢是一齣非常鮮豔奪目的神話，讓人誤以為是真實的。我們看不到這點，是因為沒有發覺到這實際上只是一場夢。

那天我學到的另一個功課是，我們認為的穢物，事實上會變成其他生物的肥料或食物。在心理學上，我一直被教導要把糞便擺在石頭上，分析它、解剖它，在顯微鏡下檢視它的來源及原始成分，思索著精緻的食物如何變成這樣的東西。

同樣的，我們也會去思索：為何前景看好的一段感情最後變成廢物？當我們開始以較高的觀點來感知事情時，會看到在問題的背後有著成長的潛力與機會。以前安東尼歐常跟我說：「阿貝托，你是一個除草者，不斷要拔掉你生命中的雜草……包括你童年的創傷和早年的情傷。你的花園裡不再有雜草了，但你也沒有在花園裡種些花和果樹。讓自己有些雜草，這樣你才能培育一些美麗的事物？」

心理學給我的訓練使我相信人生是充滿著問題的，只要我夠努力，便能找到所有的解決方法，我並不是把世界夢想成一個平靜且豐富的存在，而是一個被問題困擾的存在，所以宇宙就給了我這樣的世界。

如何將夢想的世界化為現實

我們看到與經驗到的世界，是我們夢化出來的實境，如果我們不喜歡這世界，可以睜開眼睛，有意識的創造出不一樣的東西。其中一種創造的方法是祈禱，祈禱能對某些特定的情境產生巨大的影響。我最喜歡提到的一個例子，是一九八〇年代的舊金山綜合醫院，對四百名接受冠狀動脈治療的病人所做的研究。研究員藍道夫・拜爾（Randoph Byrd）進行了一項實驗，他請人替其中半數的病患祈禱，同時在醫學上維持跟其他所有的患者一樣的例行治療。醫生和護士們並不知道接受祈禱的是哪些患者，結果，接受他人祈禱的那些患者都健在，也未出現心跳停止的問題；而另一組沒有人為之祈禱的病患中，有十二個人出現心跳停止的現象，三個人過世。

我們祈禱時多是向神作特定的請求，但若能在任何的情況中，都讓大靈去照料事情的結果，那麼祈禱的力量會變得更大。在史賓吉福特基金會（Spindrift

Foundation）工作的研究員，曾實驗過以祈禱來治療簡單的有機生物，例如發芽的種子（要觀察祈禱的效果，植物是很好的對象，因為它們不運動也不會改變飲食，或攝取維他命，更不會找其他人替他們禱告）。實驗中有兩個對照組：第一組「有明確目標的祈禱」，祈禱者把問題告訴神，同時也告訴神他希望獲得什麼樣的結果，例如希望他姑姑的中風能完全被治療好。第二組是「無明確目標的祈禱」，祈禱者會告訴神他們為誰祈禱，但不要求特定的結果，只希望神的意志能實現。史賓吉福特基金會對植物進行的實驗，顯示出這兩種祈禱的方式都是有效的，但後者的效果比前者多四倍，由此看來，我們無須要求大靈做什麼。

觀想和祈禱一樣，都是在蜂鳥的層次上運作，只是觀想所運用的是影像的語言。例如，我們可以清楚的想像出住在海邊大別墅的畫面，先前我也提到過，觀想比肯定語的力量更大，因為肯定語的運作層次是在心智的層面（美洲豹），並使用語言的力量。然而一個畫面可以勝過千言萬語，若要創造一個和平的世界，我們需要從蜂鳥的層次上，祈禱和平的世界能成真。否則，單單一個世界和平的觀想，怎麼能抵消新聞節目平均每三十分鐘就播送一百個戰爭與驚恐的畫面？

創造出來的實相

宇宙一直在把我們夢想出來的情境反映回來給我們，所以，如果我們害怕會沒有錢，那錢就不會來到我們的身邊。同樣的，如果我們體驗到眼前所擁有的豐盛，即使我們現在沒有錢，依舊會擁有豐盛，而且可以確定的是有更多的財富正朝著我們而來。

所以，當生活中出現不如意的情況時，最好的解決之道並不是換工作、換伴侶、改變運動習慣或是住所，而是要淨化我們的思想，改變我們所作的夢，那麼我們的感情或是事業也隨之進入佳境。這不是指我們必須駐留在不健康的感情裡或是不理想的工作上，而是指我們不必懷著受傷的心情離開一段感情或工作，譴責這些事情對我們的傷害。將那些沒有正面價值的人生劇情清理出去，想像那些我們想要的經驗。

有個古老的故事，提到兩個旅人在路上相遇，正朝著彼此經過的地方前去。有一位旅人開口問說：「我要去你剛經過的那個小鎮，那個小鎮是個什麼樣子？鎮上的人是否是善良、誠實、值得信任嗎？」另一個旅人說：「你剛經過的小鎮上，住的是怎樣的人？」他回答：「糟透了！我被搶，又不讓我投宿，吃東西還被敲竹槓，鎮裡面真的沒一個好人。」另一個旅人說：「那麼你現在要去的那個小鎮也就是這個樣子。」

第二位旅人已經明白第一位旅人尚未明瞭的事，不管走到哪裡，我們依舊是那個樣子，把自己的信念、心境和情緒帶到每一個情境中，宇宙以符合你的期待的方式作回應，並沒有客觀的實相，你想要實現的皆已實現，這就是在作夢。

如果真正的相信自己夢想的力量，遵循看見者之道，就能達成任何想要的事情。因此，我們要練習以稚子之心來生活，保持心靈的通透與純淨完整。

以稚子之心來生活的練習

以稚子之心來生活，意謂著要放下先入為主的觀念。如耶穌所說：「我實在告訴你們，你們若不回轉，變成小孩子的樣式，斷不得進天國。」也就是說，當我們不受生活劇情和期望的牽絆，我們的生活就會變得單純許多。治療者說，當我們心如稚子，走過雪地時能夠不留足跡。我們會因此不再感到疲憊與憔悴，而是打開心門迎接人生所給我們的機會，讓天真與自發性再次回到生活中，像小孩子一樣，對每件事都像是第一次去經驗的那般快樂。

禪修者都是努力要達成「空」的境界，所以有個故事，是在講一位師父與他的弟子，這個弟子對他所學會的事感到相當得意。有一天師父請他喝茶，倒茶時，杯子已經滿了，但他繼續在倒，那弟子嚇了一跳，說：「師父，杯子已經滿了！」師父回答說：「如果你的腦子已經滿了，那我要怎麼教你呢？」

在西方剛好相反，腦子裡知道的愈多，你就愈有價值。培養稚子之心則是放下這個信念，成為一個玩家。事實上，玩家（amateur）這個字是來自法文裡的「情人」一字，他們熱愛生活，每一天中所帶來的各種經驗都深深吸引他們。不過在培養稚子之心的時候，不要忘了過去所體驗到的——我們只是不把昨日的經驗與今日的發現混淆在一起而已。

我們必須告訴自己：「這是我所相信的，它有可能成真，但讓我先在現實中試驗一下。」我們與生活建立起一個假設的關係，而非一成不變的關係。於是在我們遇到以前曾發生過的情況時，不會預設結果，若是預設結果，也就是替自己作了會自行應驗的預言。就像是：「這看起來像是跟我太太之間的口角，事實上它像是我們經常會遇到的金錢問題，但可能不盡然是如此，搞不好有可能是其他的問題。」

很快的，我們會發現，這或許不是夫婦間的口角，而是有機會從伴侶的觀點來了解某件事。當聽到伴侶說：「你應該回去做那份你討厭的工作，去承擔你該負的責任。」你可以把話聽成：「我很害怕。」我們可以把這口角中釋放的訊息，當作是個機會，藉此找到恩愛的方式來支援對方、接近對方，更加進一步的鞏固彼此的感情。

最近我在路上因為超速被警察攔下來，當下我氣自己怎麼會笨到在限速五十哩的地方開到七十哩，而且還被逮到，但後來我決定練習以稚子之心來應對這件事。當那位警官走到我前面，我搖下車窗，笑著說：「我知道我超速了，該被開罰單，沒什麼藉口，那您呢？今天好嗎？」結果，他談起他一直為慢性疲勞所苦，也沒給我罰單，當我送他一本我的著作《印加能量療法》時，他很高興的收下了。要成功的實踐稚子之心，當然是要出於真誠，並沒有隱藏著要躲過罰單的動機。所以，這次的練習是成功的，對我和那位警官而言，都是一個全新的經驗。

放下你所知道的事

實踐稚子之心的過程跟科學理論有很多相似之處，先根據我們所觀察的事實，形成一個假設，然後再去現實中測試，如果證據和理論不符，就捨棄這個假設。然而，宗教卻不這樣，宗教裡的假說是神聖的，放到現實中去測試，若與現實不符，則是保留理論，捨棄任何與之矛盾的證據。這也是為何即使有很多資料顯示，人類是經過數百萬年的演化，卻無法動搖那些基本教義派的信仰者，他們堅信上帝在六天內創造世界，恐龍在伊甸園裡與亞當夏娃和平的生活在一起。

在實踐稚子之心的時候，要能放下我們相信的各種信條，這說得容易，做起來卻不容易，特別是當這些信條似乎使我們生活的很好。我記得有次在跟祖母解釋馬利亞處女受孕的問題，她一輩子都相信耶穌的母親是處女之身，沒有任何理由要她放棄這想法。我的論點是：這樣的說法是一種象徵，代表耶穌是由一位內心純潔無瑕的母親所生，但我的祖母完全沒有因我的說法而有所動搖。所有的信條都是危險的，我祖母所相信的信念，表面上看來是無害的，卻有無數的人為了保護這類信念而走上戰場。

當我們認為宗教是僵固的時候，科學在意識型態上也變得固化，彷彿成為一個知識實體，而非是一種獲得知識的方式。舉例來說，在我早年剛開始做研究的時候，發現有許多科學家放棄當時我正在做的研究，因為這些研究無法符合他們所抱持的前提。之後，量子物理和混沌理論被廣為接受，我的研究才被更多的科學家和物理學家所承認。所以科學的信條往往使我們不願意提出更廣闊的問題，讓我們能發展更大的能力來治癒我們和地球。

我們覺得小孩子會說出奇特、沒有邏輯的事，覺得他們問的問題與想法是富有創意與趣味的，但當大人打破意識型態，思考新的可能性時，卻往往被認為是瘋狂的，或腦筋有問題。一八九九年時，塞爾維亞的發明家尼可拉・泰斯拉（Nikola Tesla），宣稱他在科羅拉多泉的實驗室裡做實驗時，接受到來自火星的能量訊號，像是時鐘的滴答聲響，當時很多人嘲笑他，但是一百年後，研究人員發現這不是他的想像：他們發覺這有可能是天然的無線電波，往往是由氣體狀的星雲或是其他宇宙物質所發散出來的。泰斯拉是一位先知者，他有許多科技上的發明，包括：交流電、無線電報、在尼加拉瓜瀑布的發電廠，最有名的是在收音機裡的泰斯拉電圈（可產生高電壓）。他當初在跟人家談到這些發明時，一定是被視為荒誕無稽。

將真理崩解成一種限制我們的信念是很危險的，因為未來總是有各種的驚奇發生。例如，我們知道二十年前頂尖的醫療（治療法）今天已過時了，有些前衛的物理學家的發現，雖然被上一代人所接受，現在卻已被證明是錯誤的。

我們的挑戰是，超越感官認定的真假，不再認為世上的事物只有真與假兩種。小時候我們相信遠距離隔空溝通、在月亮上走路，或是基因複製都是「不可能」的，然而，牢牢的認定什麼是能與不能，會阻礙我們去夢想出我們想要的世界。

擁有稚子之心

如果我們可以在日常的例行公事與生活習慣中，做些簡單的改變，就能回到一種更具創造力、更開放、更像孩子一樣的存在方式，比如說，用左手吃飯、選一條不同的路回家、沮喪時用微笑來代替生氣。我們可以打破平庸的生活，並敞開自己面向更廣闊的可能性。

在進行這練習時，很重要的是不要過度的執著字面的解釋。有一家大公司的首席執行長，他的顧問告訴他，如果他在參加商務會議時把鞋子脫掉，就可以變得更具創造性。這個方法或許能讓他突破慣用的思考方式。但這個舉動本身並不能改變他的經商之道。他認為自己找到了一項神奇的武器，一條通往創造力的捷徑，但其實擺脫鞋子的束縛只是字面上的意義，他需要的是放下讓他停留在原地的信念——換句話說，他需要解放自己的靈魂，而不是自己的腳跟。

以下練習會幫助你擺脫不再對你有用的事物，敞開自己面向新鮮事物。

練習：清除你生活中的垃圾

練習稚子之心時，你必須清除你生活中的垃圾。在蛇的層次上，這意謂著清除你衣櫥裡以及需要卻不願丟棄的「收藏」（無論如何，在你死後，你的孩子們也會把它們丟掉）。這些雜物將你和過去束縛在一起，像是那個在園遊會上贏得的填充玩具、那件你早已穿不下的運動衫，而且也沒機會穿了……等等。其實沒有這些塞滿壁櫥的象徵物，你一樣可以保有這些愉快的記憶。

扔掉那盞你從來就不喜歡的熔岩燈，它代表了你單身時想要有的生活方式。放棄那些你覺得自己將來應該讀的書，以及強迫自己要完成的手工藝品，因為你已對它們不感興趣了。放下你原先對自己的期望，並且接受你已做出不同選擇的事實。

清理你的閣樓、你的地下室，和你裝得滿滿的書架和CD架。放下必須繼續擁有某些有意義的東西的信念，把它們送給更不幸的人，而不是執著於你擁有愈多就愈安全和愈豐盛的幻覺。

讓你的家、書桌、汽車、壁櫥和心智擁有最簡約的空間。

在美洲豹的層次練習稚子之心，我們必須放下狹隘的信念，像是匱乏、豐盛、親密和自我價值。最終，我們會了解，每一個信念都是有限的，我們把它們統統扔進垃圾桶，讓我們和世界發展出一種假設的關係，以測試我們所擁有的每一個觀念是否有用。我們明白：「相信什麼，就看見什麼。」也明白宇宙會讓我們對於實相本質的每一個信念生效。

在神聖的層次上，稚子之心意謂著不認同於我們的思想。從蜂鳥的觀點來看，我們明白，每一個思想都是一種肯定，會強化無意識中跟實相本質有關的心智模型。當我們不再認同於我們的思想時，小我就會消散，因為它源自於「我思故我在」的信念。我們要把自己每一個關於實相本質的信念丟進火中。當它們被燒成了灰，我們就能自由的重新創造我們自己和我們的世界。然後，從老鷹的觀點上，我們內在的玩家就會找到真愛——大靈。

念及後果地生活的練習

看見者之道（the way of the seer）的第二個練習，要求你認識自己的一舉一動都會影響後世。許多美洲原住民都相信，他們的一舉一動會影響未來七代人的命運；地球守護者們明白，現在的思想也會影響到明天，因此，他們覺察每一個意象和感受。

當你從老鷹的層次行動時，會是一個例外。在這個層次，你的行動沒有隱蔽的動機，因為沒有思想或意象。你並不尋求個人的獲益；而是為了所有人的利益而運用個人的力量。當你這樣做時，你的行動就不會打亂明天的漣漪，因為你與創造的母體處於完美的和諧之中。你的行動就像燒過的種子，無法生出果實，你也不再增加業報——你處於完美的阿伊尼中。

在現實層面上，身為地球守護者，當我們在林中喧鬧地開闢出一條路來時，我們並不會自私的在自己身後留下破壞。當我們知道自己的行動會一路影響到七代人時，我們就不會為了保護我們的利益而去計算可以向環境傾倒多少污染，相反的，我們會認識到毒害資源的真正代價。我們知道，我們的孩子的孩子將喝同一條河裡的水，呼吸相同的空氣。

我清楚地記得有一年夏天，那時我還是一個十幾歲的孩子。我和四個朋友開著一輛車，我從冰箱裡拿出一盒牛奶，正想大喝一口時，發現牛奶已經變酸了；我感到一陣噁心，把它丟出車窗外，隨即看見地上的牛奶盒與路邊美麗的綠色森林形成了鮮明的對比，這個醜陋的景象讓我印象深刻。現在，每當我徒步旅行，都會撿起我見到的垃圾。這樣做一點都不困難，我知道，我這樣做是在美化森林，這不僅是為我自己和來到這裡的其他人，也為了未來世世代代的人。

念及後果地生活意謂著，你賣掉四輪驅動的休旅車，心裡不會難過，因為這樣做是為了減少燃料的消耗，而且你知道汽車的大排氣量會使臭氧層形成一個大洞。這意謂著當你購買一樣東西時，意識到自己正在支持這一家商店或公司以及他們的政策，因此，你會多花一點錢去買某家公司的產品，因為這家公司的商業道德是你所認同的，他們尊敬環境並善待工人。

當你練習念及後果地生活時，你完全意識到自己的每一個思想、意圖和行動的影響，而且你會小心讓它們變得積極且具療癒性，而非自私又具破壞性。當你察覺到自己出於恐懼而行動時，你就會刻意做相反的選擇，即出於愛而行動。你為自己所有的行為完全負責，而宇宙會注意到這一點，使你的好的（和壞的）業報即刻顯現。因為你對自己每一個行動得到回饋和支持，所以，當店員多找錢給你時，你不會離開商店——你會覺得一定要把錢退回。於是，你就會得到十倍的回報。

情感和世代的詛咒

在這個練習中，我們也變得會意識到自己行為的後果。我們對他人造成的情感創傷有時非常強烈，不僅影響其一生，甚至還會延續數代之久。在亞馬遜地區，他們把這稱作世代的詛咒：一個受困擾的母親帶給女兒的痛苦，會被她女兒的女兒和孫女感受到；一個父親對兒子的嚴懲會讓後面幾代人都感受到。這也在一個集體的層次上運作。例如，殖民主義和奴隸的傳承並不會因為原來的奴隸死亡而消失——

他們的經歷影響了他們養育孩子的方式，也包括下一代養育孩子的方式。在有酗酒問題、精神病或受虐的家庭中情形也是如此。甚至在經濟大蕭條時期失去一切的人，他們的孫子依然面對匱乏的問題。

世代的詛咒對我們而言常常是無形的，因為是與生就有，幾乎像是自己的一片「皮膚」。意識到這樣的傳承是很重要的，這樣我們就能療癒它們，而不是詛咒我們的孩子，讓他們生活在七十五年前祖母受創的陰影中。念及後果地生活，意謂著療癒這個傷口，而不是將它作為遺產傳給我們的孩子。

當你認為你親近的某個人陷於一個並不是她自己的故事之中時，你可以提供智慧、指導和支援。但是請記住，如果你變得自以為是，想要扮演高貴的救助者的角色，那麼你就是在讓她扮演不幸的受害者，以為她需要一些「嚴厲的愛」，所以讓你開始把你的教條強加在她身上。當你聽到有人自命不凡地對你說：「快扔掉你的故事，戰勝它！」沒有什麼會比這更令人感到挫敗的了。

透明的練習

當你不再隱藏對自己感到不自在的那部分時，你就是在實踐透明的練習。

有一次，在印加高地上，我和安東尼歐搭上一輛公車，他決定對每個人都隱身，除了我以外。我可以看見他，但很快的我發現其他人都無法看見他。我們一路上要轉幾次車，但令我驚訝的是，每次我們排隊上車，司機要每個旅客買票，但沒人要我的導師買票——好像他們根本看不見他。有一次，有個體格壯碩的女人，抱著小孩和一隻雞上車，她看不見安東尼歐就坐在我旁邊，如果她坐到他的大腿上，我也不會感到驚訝。

然而，當我們練習透明時，我們不必真的變成透明。這只是意謂著，我們允許他人看見我們，而且我們沒有什麼要隱藏的。畢竟，我們試圖隱藏的東西正是他人最能看到的。當我們看見一個傲慢的人不停的指使別人做事或自我吹噓，我們一眼就能看出，在自吹自擂背後，是他對自己的力量和重要性缺乏安全感。當我們看見一個穿著鬆垮的衣服、用頭髮遮著臉的可愛姑娘時，我們就知道她覺得自己不漂亮，害怕遭到拒絕。

我們所隱藏的還不只是不安全感，我們也常常隱藏自己的美和力量，因為覺得不自在，或害怕讓自己顯現光彩的後果。例如，我的學生是一個非常聰明的年輕女子，她和一個年長的男子結婚。她一直掩飾自己的聰明，因為不想讓她的丈夫感受到威脅。在完成她的訓練之後，她明白再也無法假裝是個花瓶，所以說服先生參加她的讀書會，並和她一起參加激發智力的活動。

練習透明並非意謂著你必須成為一個目標。如果你已選擇走一條靈性的道路，那麼你就不必因為害怕受到嘲笑而隱藏它。我有一個學生是名護士，她覺得必須隱藏她的治療師能力，以及她在醫院裡與病人練習能量治療的事實（當然同時也履行她常規的護理職責）。她害怕隨時會被人發現並被開除，而且可能失去執照，但當她的病人持續好轉，醫生繼續想要把他們的病人安排到她所在的樓層時，她明白自己是在試圖隱藏自己最好的資產。她並不需要向任何人解釋她做了什麼或相信什麼，只需在神聖的層次上展現她自己，這個層次是超越任何的話語和說明，和別人能夠看到的事。

當我們沒有什麼要隱藏時就會變得透明，我以前的書都可以說是我的自傳，在書中說了有關我自己的事。人們問我是否會擔心陌生人和朋友知道了很多我的事，我說，實際上我很開心，因為我現在沒有什麼好隱藏的。我的失敗和弱點全都展現在外，不用花費精力去掩蓋。

隱藏我們的真我時，會吸引那些將祕密顯露出來的人，將我們的療癒過程外顯出來，使我們與另一個人的劇碼纏繞在一起，讓我們比以前更易受傷害、更脆弱。這也使得我們會去認同某個故事，例如：「我容易受人利用，所以我要在這次談判中表現強硬。」或者，「我很容易受傷，所以最好不要談戀愛。」我們將自己未療癒的部分深埋在內心，而傷口依然在那裡，直到有人在上面撒一把鹽，提醒我們需要成長。

當我們練習完全展現真正的自己，並且不再為了要取悅他人、融入團體或避免痛苦時，人們往往會感到不解，因為他們已經接受了我們舊有的故事。如果我們身邊的人不了解或不接受我們還有各種不同的面，那也沒有關係，試圖將彼此分類歸檔是人的天性，哪怕每一個人都有一堆矛盾和衝突。所以，在蛇的層次上，我告訴別人我是個人類學家。在美洲豹的層次上，我告訴他們，我研究我們如何使自己生病，如何能讓自己痊癒，以及我也訓練西方人成為薩滿。在蜂鳥的層次上，我凝視他們的眼睛，一言不發，因為無法用言語描述我的存在。在老鷹的層次上，我邀請他們體驗我們共有的大靈。

在飛機上，大多數坐在我旁邊的陌生人知道我是一個老師或人類學家就夠了，他們就能給我個定位，於是我們就能繼續談論天氣。我無須向他們解釋，在我們能看見或聽到的這個世界以外還存在其他的世界。但我並不隱瞞真正的我，如果我遇見一個對此話題真正感興趣的人，而且覺得與對方談話能帶來一種改變，我就會和他或她在一個靈性的層次上談話，作有內涵的討論。

透明意謂著，在你說的你是誰和你真正是誰之間是一致的。這意謂著「言行一致」。但當你不知道自己是誰時，就無法向他人展現真正的你。在本書前面的練習中，你了解到你並不是你的角色：你不是母親、主管、兒子或女兒，這些都只是你扮演的角色中的一部分，而你無法被這些狹隘角色的定義所限制。真正的你是觀者，觀察你所做的一切，而不受你的任何思想或行動所影響，這個你不能用任何角色、年齡或社會身分來定義。

誠信的練習

練習誠信，就是要做到忠於自己說的話，並了解語言創造實相的巨大力量。畢竟，《聖經》中說：「太初有道，道與神同在，道就是神。」這就是說，一切都是由道（文字）創造出來的。同樣，你的創造品質是由你忠於自己話語的程度來決定的。你說的話要比任何法律文件都更重要，因為話語使一個已選定的命運開始運轉，給宇宙一個指令，告訴它你想要創造哪種實相。

對於治療者而言，沒有什麼比忠於自己的言語更重要的了，因此他們對告訴自己和對他人所說的話非常小心。他們相信，對一個人說出負面的言語，等於是下了一個詛咒，而說出正面的言語則是給與祝福。如果你要對一個人說：「你沒事吧？你今天看起來不太好。」到了晚上，她也許就會生病。同樣的，如果你說：「你看起來容光煥發。」即使這個人並沒有這麼覺得，但過了幾個小時或幾分鐘之後，她會容光煥發。

如果這個人真的看起來氣色很差呢？忠於你的言語指的是你不能對她說謊。不管那一天你的朋友經歷了什麼事，你所能做的是看到她總是容光煥發的那一面，並反映給她。你可以說：「一切可好？有什麼我可以幫忙的？」或者你可以用你的言語提醒她自己的美：「我見到你總是很高興，你的出現讓人開心。」這樣，你的言語就向你的朋友傳遞真理和美。

你反覆告訴自己的話一樣會很有力量，例如：我是一個失敗者、我沒有別人聰明，或是我不會找到愛情。所以你一定要小心，如果你內在的思想是「我不好」，那麼，你就會詛咒自己，不論你嘗試什麼事都會失敗。

你說的話是你發出的一個誓言，你愈是過著靈性的生活，你的話語就愈有力量，愈是沒有改變的餘地。

在最近一次去印度旅行的路上，我碰到了一個有趣的例子，在恒河邊上的聖城利希凱許（Rishikesh），我不斷受到推銷商品的商販糾纏。過了一會兒，為了讓他們不再向我推銷商品，我開始告訴他們我稍後會回來。「你發誓？」他們問，而我回答：「是，當然。」我知道有很多店我並不打算再回去，但這種回答似乎很有效，讓我在走過市場時稍稍得到安靜。

而我一回到美國，就作了整整一星期的夢，夢見自己被困在利希凱許的市場裡，為了我不太想要的東西和商家討價還價。雖然我沒有再回去那些店，但我不得不在自己的夢裡忠於我說過的話，再次造訪他們！

過著忠於你言語的生活會積聚起一股靈性的力量，如果你要將一個更美好的世界之夢化為實相，那麼這種靈性力量是極為根本的。如果沒有這個力量，你的夢就永遠不會彰顯，並總會在快要有結束時崩垮。你是否遇到過這樣的人，他覺得一切似乎都進展順利，但不料在最後一刻功虧一簣？在他就要結婚時，和未婚妻的關係鬧僵了；她的重要生意總會在最後一刻化成泡影；或者他找到了完美的場地來開設補習班，正要掛起招牌時，不料房東改變主意，不把房子租給他。因為這些人缺乏信念，而且認為自己的話語似乎沒有什麼力量，所以他們的計畫注定會失敗。

與其嘗試用暴力迫使宇宙遵從你的願望，不如忠於自己的言語，並積蓄個人的力量。這會讓你的夢成為一股不可阻擋的力量，它會依你的指令去組織世界。當你練習忠於自己的言語時，你就不再為自己找藉口，你的言語是在向宇宙證明，你是可靠的。

勿濫用言語

當我們濫用自己的言語時，我們就是在浪費自己積蓄起來的個人力量。當我們責怪他人或羞辱他人，我們就是做了最糟糕的攻擊，因為是把言語用來破壞而非創造。當父親憤怒地對女兒說：「你真笨！」時，這要比用棍子打她更糟糕，因為身體上的瘀傷會痊癒，但憤怒的言語所造成的情感創傷，會形成一道跟著孩子許多年的疤痕。

濫用言語會耗盡我們的個人力量，所以我們只能作白日夢。當我們失去太多的個人力量時，我們的實相只能反映周圍的世界，使我們困在這個時代的集體夢魘裡。我們濫用言語的一個主要例子就是說八卦，這已經成為今日文化的家常便飯。我們在別人背後說壞話而不以為意，反而感覺與和我們一起說八卦的人之間是志同道合的盟友，而且有一種「自我陶醉感」——我們很好而別人很糟。

我們覺得我們說的八卦是真的：我們的岳父是一個萬事通，我們的鄰居真的是糟糕的父母，而那個好萊塢演員確實是一個瘋子。當我們練習正直時，我們就不這樣濫用我們的言語。相反的，我們會看到萬事通的不安感，以及他們需要覺得自己聰明和重要性，所以我們會對他充滿同情。我們知道鄰居其實並不惡毒，只是被壓力壓垮了，害怕她的孩子會讓她出糗或是怕他變成不良少年。我們也了解到其實我們根本不了解那些公眾人物。

換句話說，我們會發自內心的善待他人，並提供溫和的幫助或指引，這樣比輕視他們更能使他人得到療癒和成長。我們不再自以為是、說他人長短，因為我們知道，這樣會使我們看不見自己的缺點，而無法予以改正。我們把這些個人視為我們的老師，並對他們心懷感激，因為他們提醒我們，我們要接受他人的一切，包括他們的不完美。

說人長短是一種毒藥，它以他人為代價，讓我們覺得自己是正確的，這是以他人是錯誤的為代價。每當我們揭發醜聞，我們就向對方下詛咒，給我們和對方帶來不幸。我們的言語會給對方設置一條能量帶，這樣就會確保他或像他一樣的人在未來被帶入我們的生活。

當我們和自己的家人在一起時，我們有許多機會練習忠於自己的言語，因為和他們在一起時，我們會得到大部分的情感成長——一開始是和我們的父母，然後和我們的配偶，接著又和我們的孩子。信守對心愛的人的承諾是最難的挑戰，但也是回報最大的，因為我們的孩子和配偶總是要我們承擔責任。我的女兒常常對我說：「但是爸爸，你答應過我們要……」而她幾乎總是對的。於是我就停下工作，帶她去做我們已同意要做的任何事情。如果我當時無法停下我正在做的事，我就和她商量再給我一點時間，但我不會想要毀約。

基於誠信，基於信守承諾，以及確信我說話算話，我已經為和我女兒的溝通奠定了基礎。因此，偶爾她會對我說：「但是爸爸，你答應要……」然後突然放聲大笑，因為她知道這不是真的，然後她會修正她所說的話：「如果我們可以……我會很高興。」我們以身作則來向別人展示，誠信是最高形式的靈性練習，儘管有時守信真的很困難。

誠信的練習也要求我們承認自己的錯誤，當我們發現到自己出錯時，常常會覺得很尷尬，而試著要把錯誤投射到他人身上來掩蓋它。我們的心智會喋喋不休，很快的告訴我們：「他太難相處了，我不可能堅持我們的協議。」以及「要是她能更好溝通的話，我就不會搞砸了。」我們總是會陷於衝突、誤會和爭執之中；然而，當我們練習誠信時，我們就不會想為自己辯護或怪罪他人，編寫一個我們受他人欺負的受害者故事。

當我們不想為自己的錯誤承擔責任，並試著用半真半假的話或徹頭徹尾的謊言來掩蓋時，我們就是在編織一張讓自己迷失其中的欺騙之網。我們甚至可能開始相信自己所說的謊言，即使這些謊言是毫無道理的。我們可能破壞自己和他人的關係，並毀了自己的名譽。但最糟糕的損失是，我們浪費了自己的個人力量，原本這力量是可以用來夢化出一個美麗的世界。

承認你的錯誤不僅僅意謂著承認錯誤，而且是改正並做出補償。我想起我曾認識一個人，在一九六〇年代後期，他挨家挨戶的推銷一種治療荷蘭榆樹病的藥物。當時這種病橫掃許多城市的樹木。我的朋友真的相信這種藥物，但是當他在幾個月之後知道，這藥其實並沒有任何療效時，他真的回頭去跟每個客戶聯繫，要把錢退給他們。

最後，請注意，忠於自己說的話表示不要壓抑你想說的話。一句簡單的「請原諒我」就可以改正許多錯誤，這是多麼了不起啊！許多年來，我覺得很糟，因為我父親從來不說：「我愛你。」但後來，當我了解到不說出自己的話的代價有多麼巨大時，我原諒了他，也同情他，因為我了解到，對他來說，一直無法表達情感是一種折磨。

當我們明白言語所具有的力量，也明白最偶然的事情也可能蘊藏著重要意義，那麼我們就準備好超越蜂鳥，進入感知的更高層次，在那裡，我們不需要分析、觀想或做任何事，就能了解我們的世界或改變我們的夢。

當我們在老鷹的層次時，我們在夢中體驗自己，並知道我們就是作夢者。雖然我們可以改變夢，但一切都是它本來的樣子，因為我們感覺自己與大靈是合一的，大靈的夢總是如其所是的完美。

第6章 第四個洞見：聖者之道

成為一個聖者意謂著，在你視線之中看到的只有美。

在這一章裡，你將會了解你所經驗到的每一件事物，都是你內在景象或夢境的投射。這意謂著，沒有一件事是發生在你身上，也沒有人對你做了什麼，因為你就是你生活中每一件事的製造者。因此，你不需要修正外部世界中的任何事物——如果你想要轉變顯現在外在的某個環境，只需在你自己的內在掌握與改變它。

在治療者看來，世界是個螢幕，我們將自己的影片投射在上面。這並不是說世界不是真的……世界非常真實。我們只是將我們投射的影像與實相混淆了，與其試圖改變螢幕上的劇情，我們實際上該做的是編輯影片或修改整個劇本。一旦你明白，只要你想要就可去改變，從此你就不再是一個無助的受害者或無辜的旁觀者。

如果你的伴侶對你發怒，你可在內心療癒這件事。儘管你無法改變他所說的話

（不管是精神療法或是生氣的反駁都無法改變），但你卻能改變經驗它的方式。當你不再對伴侶所說的話感到困擾時，他就不會將他未治癒的部分投射到你身上。或者，如果你趕到機場時遲到了，錯過了班機，你不能改變這個事實，但你能在內心裡療癒它。於是，每一件事物都會顯現為它們原來的樣子。當你知道是自己構想出眼前所發生的一切時，就能明白錯過飛機只是你所寫的電影裡的一部分——即使你現在不知道是自己寫下了這部電影，但事實上確實是你親手所寫的。

正如你不記得昨夜所作的夢一樣，你也會忘記醒來時所想像的事物。你大概常常在作夢時意識到自己身在夢中，甚至會告訴自己醒來時要記住這個夢，這就是所謂的清明夢（lucid dreaming）。幾千年來，地球守護者發展出各種練習，讓自己在睡眠時維持清醒的意識，以便影響夢中的經驗，或是醒來時能記住夢境，這樣他們能更優雅、更清晰地引導清醒時的畫面。在這一章中，你會學到這些練習。

有意識作夢的意義

我們藉著練習有意識的作夢，來與振動和光的領域進行互動。在蜂鳥的層次上，我們不使用語言祈禱，當我們觀想豐盛時，我們也許能看見自己想要的工作來到眼前。但當我們進入老鷹的層次時，我們就不會將自己局限於——以一碗飯或一幢海灘別墅來定義和控制我們所要創造的豐盛將如何顯現，相反的，我們讓宇宙來照料所有的細節。

我們或許有事想祈求，請求上帝治癒某個朋友的癌症，或幫助我們馬上找到工作，但這並不是練習有意識地作夢。要知道，當我們從老鷹的層次作夢時，我們就和大靈合而為一，這是一條比我們更大的宇宙之流；也是一條我們可以進入、航行和引導的河流，可以為我們帶來想要的事物。我們融入這條振動和光的河流中，變成潮水和橘黃色的浪花，它們是我們內在尚未閃耀的太陽。於是，我們的意願和大靈的意願合一，而「願神的意志得以實現」就有了一種新的意義。我們改變了自己的能量振動頻率，並吸引了在靈性上振動頻率相近的人。

地球守護者在練習作夢時，會讓心靈寧靜下來，就像一個完全平靜的湖面一樣，完美地反映一切。但一旦掠過一陣微風，水面就會泛起漣漪，致使心靈只反映它自身。一個治療者能夠讓自己心靈的水域安靜下來，這樣它就能完美地反映存在的無限可能性。於是她就能進入造化的母體，並漸漸消失，只剩下大靈依然存在。

我們也能具體展現繁榮富庶，並將這夢想化為實相。當我們變得和平、寧靜和豐盛時，這些就會遍布在我們的生活之中。

如果你不知道夢想出一個更好的世界是怎麼回事，那也不必煩惱——你在某個時刻很可能已經體驗過這種時時刻刻都會發生的魔法。也許有時你心情特別好，對雜貨店的店員微笑，發現她也受到你的感染，心情變好。或者，也許你只要出現在某個心懷恐懼的人的面前，就能讓他平靜下來，你坐在他身旁握著他的手，就能給他帶來勇氣。

當我們站在老鷹的觀點時，對世界會產生很大的影響力，雖然我們不一定會察覺到，但我們擁有的力量的確比所知要大得多。還記得我之前提過的蝴蝶理論嗎？一隻在北京的蝴蝶拍動翅膀，會引發印度洋上的一個熱帶風暴。蝴蝶拍打翅膀，在空氣中產生細微的改變，真的能夠造成數千英里之外的重大天氣變化。所以，雖然不可能在真實的層次上阻止一場颶風，但如果我們能夠在蝴蝶拍動翅膀時就發現這場風暴，那又會如何呢？我們可以早在災難發生之前就加以阻止，並種下會長出巨大果實的種子。

然而，我們必須牢記，如果我們能夠預防蝴蝶引發印度洋上的一場颶風的話，我們的作為有可能在加勒比海上引發一場颶風。因此，不是嘗試去避免颶風，而是要明白颶風是是自然的一部分，我們能與之和諧共處。從老鷹的視角來看，我們了解到沒有什麼需要去改變，一切本來就以自己的方式處於完美之中。於是，我們就可以自由的按照我們的希望去改變任何事物，因為我們不再花費精力去糾正錯誤。

療癒內在世界

想像一下，你可以改變世界上的任何事物。如果一切都是可能的，你的世界會是什麼樣子？你會讓非洲不再有饑荒嗎？能阻止捕殺鯨魚嗎？把和平帶給中東地區嗎？所有你希望做的事，都是需要在內心去療癒的事；也就是說，你要能具體展現療癒、和平、豐盛、和諧或任何你想要在世界上體驗的特質。

比如說，你想要拯救鯨魚，那麼，你不必辭掉工作、放棄家庭和所有的責任，乘上綠色和平組織的船，到捕獵鯨魚的地點守候。事實上，如果你滿懷熱情，這很可能表明實際上你的意圖實際上並不是要保護鯨魚，所以你很可能在保護鯨魚上不會有很大的進展。當你真正的意圖是療癒你內在的受傷動物時，你就會不清楚自己如何能真正幫助外在的世界。你會變得自以為是，拒絕考慮任何沒有百分之百把握的選項。你不接受有創意的解決方式、妥協和協商，進而形成僵局……捕鯨活動卻繼續在進行。

最好是能去處理你未療癒的本性，擺脫你「內在一味在掠奪的以色列之王」，並停止傷害別人，不要因為覺得自己被攻擊而受困，就覺得別人必須因此受罰。每當你的熱情變得與你的效能不同步時，要想想這是否表示你需要去療癒自己內在的掙扎，而不是將它投射到世界上。當你的內在是自由的，你的外在也能得到解放。

熱情的反面是冷漠，它根植於我們自身未被療癒的部分。太多的人未曾想過能受到療癒，走向夢想中的新事物，而是覺得被壓垮了，並且放棄。冷漠在今天的世界上大行其道，因為大多數的人都在讓自己沉睡。我相信這種冷漠是集體性夢魘的一個副作用，它讓我們閉上眼睛，隨波逐流，忽視他人的需要或痛苦，也忽視自己能改變世界的能力。

與神性合作，共同創造實相，正是我們的工作。在西方的創世故事中，上帝在第七天創造世界，唯一沒有完成的是給植物和動物命名。在治療者的創世故事中，在第七天，大靈告訴人類：「我已經創造了行星、恒星、蝴蝶、老鷹和鯨魚，它們真是美麗。現在由你們來完成這個創造。」在治療者看來，創世並沒有完成：我們不僅是所有生命的服務員，還必須完成創世的過程。將夢的世界化為實相不僅是一種天賦，也是一種天命和責任。如果我們不回應這種召喚，那誰會回應？

和宇宙智慧合作

有許多關於時光旅行的科幻小說，故事內容多半提醒我們，亂更改注定要發生的事會產生什麼樣的結果。在某個層次上我們明白宇宙自有它的智慧，所以阻止一場我們認為的災難，有可能會在其他地方導致另一場更大的災難。

治療者也明白，只要我們願意承擔業報，就能順著自己的心意改變這世界上的任何事情。在蛇的層次，我們試圖強行改變事物；在美洲豹的層次，我們藉由意志來改變事物；在蜂鳥的層次，我們透過觀想來改變事物；而在老鷹的層次，我們透過作夢來改變事物。

當我們在蛇的層次感知時，業報似乎來得非常緩慢，這就是一些人在犯下惡行後看起來好像得以脫身、不受懲罰的原因。在美洲豹的層次，我們體驗自己的業報速度加快了一些，總會在這一生中。在蜂鳥的層次，業報是即刻的，因此，我們即時就能感覺到自己行動的後果：善行即刻帶來福佑，惡行立刻招致惡果。在老鷹的層次，業報並不存在，因為這裡只有大靈和「願神的意志得以實現」。

當你讓你的小我作主，並堅持你必須掌控一切時，你最終就會處於與宇宙持續的對抗中。然而，你可以選擇只是和北京的那隻蝴蝶在一起——不去強迫牠或希望或觀想牠去改變牠正在做的事。你的出現就會創造平衡和療癒；而你、蝴蝶、風、風暴都成為一體。

對於西方人來說，如果不主動去做一些積極的事情，我們很難相信可以達成和平與幸福，但是，具體表達和平與幸福確實能將它們帶入實相。我們的小我並不想要我們相信，只要沉浸在宇宙智慧之中，我們即能擁有無限力量，但這是真的。

例如，現在許多年輕人對巫術很著迷，因為他們認為這也許讓他們有機會去影響發生在他們身上的事情。例如，他們相信如果完全遵照一個符咒的指示，他們就能阻止惡霸對他們的欺壓、讓一個受人歡迎的小孩喜歡他們，或像電影明星一樣變得魅力四射。他們不了解真正的魔法並不是來自唸誦咒語或是搗碎藥草，而是來自改變一個人的感知狀態，並具體表達信心和優雅。治療者不必穿著代表他們權力和地位的服飾——當他們進到某個人家裡時，他們不需要開口，食物就會出現，不需要請求，就會得到祝福。他們的出現自然散發出某種光輝，人們會回應這種光輝，所以不見得需要強有力的言語或象徵。

記得幾年前我和安東尼歐在高原上徒步旅行，我們來到一個已經好幾個月沒下雨的村莊。在乾旱的夏季，儲存城鎮居民用水的高山瀉湖已經開始乾涸。當村民看見我們來了，他們迎接我們，請求我的老師祈雨。這個年老的治療者要村民準備一間小屋，供他齋戒和冥想；在四天中，他只喝水。

當他在第四天中午出現時，我開始變得有些擔心。安東尼歐來到村邊的陡峭山崖，下面就是亞馬遜盆地，他告訴我，他要開始「祈雨」。我糾正他說，他一定是指他將要「求雨」，而他卻說：「不，我是要祈雨。」

兩個小時他之後回來了，天空上布滿了巨大的雷雨雲。幾分鐘之後，大雨傾盆而下。所有村民在雨中歡快地跳舞，並向他致謝，但他解釋說，他什麼也沒做——只是下了一場雨而已。

這時，我明白了老師剛才所做的是什麼。他已經跨入了老鷹的層次，並且消融了。在那一刻，他已經停止存在，而這一刻就是無限。在那裡，只有大靈存在，因而沒有祈求的對象。他只是祈雨，而雨就下了。

後來，我問他為什麼花這麼久的時間：他是不是總是需要四天時間來齋戒和祈禱才能進入老鷹的層次？他回答說，當我們來到那個村莊時，他注意到，村莊並沒有處於阿伊尼中。事實上，它完全失去了平衡，以致讓他也變得失去了平衡。他什麼也不能做，除非他回到阿伊尼中——當他回到阿伊尼中，村莊也回到了和諧平衡之中，而雨就來了。這個老人知道，一切都是從內在得到療癒的。

瘋狂的心智和集體的夢魘

當我們發現自己正在將夢的世界化為實相，就會明白我們也創造了有關我們實相的夢魘。因此，我們為什麼構想出貧窮和悲劇？問題出在我們的心智上。要知道，儘管我們的思考能力非常卓越，推理和邏輯也極具力量和價值，但心智本身是瘋狂的（經過多年對身心醫學的調查，我了解心智只能創造心理疾病，而無法創造健康。創造心理健康的唯一方法是完全關閉心智）。

事實上，心智並不真的存在，它只是一種修辭法。儘管並沒有科學證據證明它的存在，但我們還是非常想要相信它的存在和力量，因為我們希望它握有解決我們所有危機的鑰匙。當我們找尋不到靈魂時，就開始對心智著迷。首先，在米開朗基羅時代，我們在肝臟中尋找靈魂，但它不在那裡。接著，我們在心臟中尋找靈魂……後來，我們在頭腦中尋找……當我們在所有地方都找不到靈魂時，就勉強用心智的觀念來代替靈魂。

一九五〇年代，心理學觀念由於身分認同理論的興起而變得很流行，這種理論認為，心智的狀態和程式與頭腦的狀態及運轉是一致的。核磁共振顯像儀顯示，慈悲的情感與我們頭腦中的一個區域是相關的，憤怒的念頭則是出現在另一個區域。然而，一九九〇年代，神經學家坎迪絲．皮爾特博士（Candace Pert,Ph.D.）發現，潛意識心智是身體而非頭腦，它經由神經進行溝通，神經是我們的每一個思想所產生的分子。皮爾特博士發現，思想具有一種生化成分：雖然思想是真的，神經是真的，頭腦是真的，但我們所認為是心智的東西實際上只是經過偽裝的小我。

思想與念頭不同：一個念頭是，你突然想到要去商店或上瑜伽課，而思想是頭腦不停的嘮叨，從你醒來的那一刻起就開始了。思想常常是漫長而曲折的：如果我現在去商店，就沒有足夠的時間去上瑜伽課，人就會變得無精打采，所以，也許我應該先去上瑜伽課……思想也可能是一種評判：那個瑜伽課真是太難了。

思想是被眼前某事觸發的記憶，與清新原創的靈感不一樣。例如，如果你聞到一朵玫瑰的香味，你就是處在芳香的片刻中，不會去思考關於香味等其他事情。而一旦你想到玫瑰或紅色，你就會聯想到你所知道的東西，把注意力從這個當下的經驗中移開。當沒有思想，就只有香味；當思想進入畫面，你就離開當下。

事實上，我們大多數的思想是過往經驗的記憶，像是小時候的記憶、出生前的記憶甚至前世中的記憶。小時候，我們把每樣東西都放進嘴裡，品嘗這個世界。後來，我們在沙箱中或和玩具玩上幾個小時，融入在白日夢裡。然後在七歲左右，思想開始大量出現：我們開始獲得一種自我感，發現我們與世界之間的分界，不再沉浸在觸覺、味覺，嗅覺和感覺的王國中。在此之前，我們沒有思想——只有經驗。後來，我們真正的經驗變得愈來愈少，到了老年，腦海中不斷縈繞著的是過去記憶的思緒。

在你頭腦中吵鬧的每一個思想，都是在重播受害者、拯救者或加害者的劇碼。

暫停一下，並且聆聽：甚至當你在讀這本書時，你正在想什麼？請記住，思想並不是原創的、燦爛的或具創造性的——不過你的本能、念頭和作夢的能力卻是如此。

我們發現要跳脫框架思考是不可能的，因為思想就是這個框架。當我們認同我們的思想時，就會遭受錯誤認同的痛苦。我並不等於我的思想，我只是擁有它們，就像我不是我的汽車、我的房子或我的衣服一樣（儘管我同樣擁有它們）。我們知道如果我們認為自己就是所擁有的汽車、家或衣服時，會是多麼困擾，我們會想要買一件香奈爾女裝或一套新的高爾夫球桿來解決問題。

在我們漫長的旅程中，思想像灰塵一樣，落在我們的皮膚上，形成一層厚厚的外殼。一陣子之後，我們會擦拭某塊皮膚、除去灰塵，並觸及真正的自我。我們所要做的不是像我們在進行心理治療時所做的那樣，逐一擦去每個地方的灰塵，而是拿出水管，把全部的灰塵沖洗掉。治療者們發展出各種能量練習，可以在非常短的時間內，把烙印在我們的發光能場中的印記清洗掉。我已經在我的另一本書《印加能量療法》當中詳述過這些方法，也在光體療癒學校裡把這些練習傳授給學生們，快速轉化他們自己和他們所要療癒的對象。

前一章裡有個練習是療癒你三個前世的死亡經驗，這會幫助你清除來自發光能場的印記，接下來，這個練習叫做聖者的練習，具有很大的效果。

練習：發現聖者

停下來，覺察你的思想是如何生滅，但不要去認同它們。閉上眼睛，觀察你的思想，好像它們是天空中形成然後又消散的雲朵。不要追逐你的思想，也不要嘗試阻止或控制它們——只是觀察就好。不久之後，注意你是如何被思緒牽引，完全忘了你只是在觀察而已。

深吸一口氣，再次觀察飛奔在腦海中的思緒。不要試圖去控制它們，因為當你想要控制思想時，心智就出現了，會急切地想去「解決」所有它能解決的問題。心智在衝突中會變得很活躍：內心的衝突停止，心智會消失，思想也會消散，留下來的只剩下聖者。

心智害怕你會發現它並不存在，它強烈地想要你注意它並重視它。但一旦你發現了聖者，你就會洗去來自上千個前世的塵埃，露出像嬰兒一般柔嫩的肌膚，並用它來體驗世界。你會放空心智，醒悟過來。

不要把思想當作是自己

在許多東方傳統中，要成為聖者，就必須練習靜坐。修行者在開始學習的頭幾天裡，要練習在蒲團上打坐，觀察瘋狂的心智，就像是一部糟糕的電影，一遍又一遍地自動重播。當我早晨坐下靜坐時，我只注意到我的背痛，我讓自己的心智停留在我疼痛的後背上。如果我試圖強迫自己的心智回到呼吸上，只會感到挫敗。所以我只是去認同聖者，他正在觀察心智的一切，微笑的看著所有的愚昧。衝突不存在了，於是心智逐漸消散。我的後背也許還在作痛，但我並不認同它，我也不受它的折磨。思想繼續出現又消失，但我的注意力停留在像廣闊天空般的聖者身上。

當我希望找到聖者時，我自問幾個簡單的問題：「誰的背在痛？」和「是誰在問這個問題？」這時的我，就是聖者。你可以用任何你正在做的事來做這個提問練習。你可以問：「是誰坐在這裡冥想？」或者「是誰在讀這本書？」以及「是誰在問這個問題？」最終的答案總會是聖者。

一旦你找到了聖者，你就會看清，你所信以為真的一切都是一種投射。世界是一個大銀幕，正在上演的是你的夢或夢魘。聖者坐在一張舒適的椅子上，觀看整個劇情的開展。她有時會起身去拿杯茶，她知道當她回來時，劇中人依然在表演。問題是，聖者怎麼可能愚蠢到認為她就是正在銀幕上發生的劇情？

你是否曾經全神貫注的讀一本書，結果忘了時間，因為你真切地融入到書中人物的生活？你是否曾觀看過一場讓你淚流滿面的電影，或使你害怕到做了好幾天的噩夢？其實，我們都曾同樣被社會所創作的電影誘騙進一種恍惚狀態，以為我們所看到的劇情是真的。但聖者能改變在螢幕上上演的劇情——事實上，她是唯一能這樣做的人。

聖者從內在修正一切，分派給演員們新的角色，裝上新膠捲，或將放映機的燈全部關掉。她為每一個問題尋找靈性的解決辦法，無論這個問題是多麼困難或多麼具有挑戰性，而不是試圖在物質層次改變事物。

一旦你發現自己就是聖者，心智的瘋狂就只會占據的你知覺的極小一部分，但在此之前，它占據了你百分之百的注意力。這時，要達到老鷹的知覺層次就會變得更容易——當你用新的眼光看待你的處境時，舊的假設就會消散。有位生命正受到威脅的案主前來諮詢，我和他一起做如下的練習，例如：我不再將恐懼、危險或死亡視作唯一的可能性；相反的，我只看到獲得極佳療癒的機會。

如何將夢的世界化為實相

當我第一次到祕魯旅行時，被當地的貧窮和街上圍住我的乞丐給嚇壞了。我被自己所目睹的悲慘深深打動，願意將身上所有的零錢都送給他們，甚至包括身上穿的衣服。後來，一位朋友建議我改為捐款給庫斯科的一家慈善機構。他解釋說：「一旦你不再在這些孩子身上看到你自己未被療癒的部分，就不會覺得一定要施捨給每個乞丐，而他們也不會來煩你。」

我接受了他的建議，捐了一大筆錢給一所天主教的孤兒院（那數額比我當時所能承擔的要多得多），並開始把街上所有赤腳、流鼻涕的小孩當作是我的一部分。一開始，我感到很傷心，也很煩惱；但過了一段時間，有些東西改變了。我不再感覺一定要幫助我見到的每一個人，總而言之，街上的孩子們開始不來煩我了。我的夢改變了：當我看著四周，我不只看見貧困——我開始注意到大地和人們身上的美。但一開始，我必須捐款給慈善機構才能獲得這種體悟。畢竟，這些孩子們仍然生活在缺乏食物的現實中，而我需要對此作出回應。

地球守護者知道，當你改變內在的一切時，你仍然對他人和世界負有責任。修正夢的方法，是把你覺得這世界有不對的地方當作是自己的一部分：醜陋、暴力、美麗和強大。把每一個饑餓的孩子、暴力的罪犯、有錢的名人、骯髒的鈔票和熱帶島嶼都當作是一個夢，而你正在看著每一個角色、場景和糾結的情節。

神話學家喬瑟夫・坎伯（Joseph Campbell）曾經說，我們所謂的實相只是由我們還沒有看穿的神話和故事所組成。一旦我們看穿了，我們就會明白，它們只是童話故事。我們經由蜂鳥的眼睛來看才能獲得這種認識。這就是我發現做一個人類學家是多麼容易的原因——我可以來到亞馬遜上游的一個村莊，並且成為唯一一個看見國王沒穿衣服的人（在我到過的一些村莊中，情形確實如此）。

我們很容易就能看見他人所陷入的夢或夢魘，卻很難看到自己的。我們很快就能感覺到，我們的朋友正陷入他自己造成的悲慘境地，但是我們仍然覺得自己的悲傷是落在我們頭上的某個悲劇。當我們發現，實相真的是一個夢，我們就能從集體的夢魘中醒來，以前被隱藏起來的，現在變得相當顯而易見。

例如，我們明白無法藉由買一輛更大的汽車來滿足自己的精神需求，我們無法用改變我們的孩子來解決他們的問題，社會的進步並不能化解貧窮。因此，我們賣掉更大的汽車，改變我們自己，並看到我們的孩子也變了，而且會了解貧窮是社會進步和現代化的結果。

我有次和印度經濟學家范達娜・席瓦（Vandana Shiva）一起用餐，她描述西方國家每年雖然給貧困國家五百億美元的援助，但這五百億美元還不夠讓開發中國家支付給已開發國家每年五千億美元的利息，這些借款是用在建設水壩和價值不明的大型水電計畫。她解釋，印度僅存的農民並不貧窮，他們只是生產他們所需的產品——也就是說，人類消費的極限是由自然所能提供的數量來決定。農民們不會試圖改變一條河的水流，以使乾燥氣候中的土地種出高產的農作物，並生產成最有利潤的產品，而是種植自然生長良好的農作物，且不過度耕作土地。

接下來，西方經濟學引入了這樣的信念，認為若要創造財富，農民必須生產超出他們消耗量的農作物，這樣他們就可以獲得「生活品質」。結果，印度人離開了他們的家園，住在新德里等城市的骯髒貧民區，大型農場和農業綜合產業，取代了那種生產量只夠維持生活所需的農耕方式。

現在，大約有兩億五千萬到三億、曾經以家庭方式耕作的印度人，如今靠著每天不足一美元的收入生活；他們沒有清潔的飲用水，沒有醫療和教育保障，他們的孩子也沒有未來和前途。而我們卻抓住陳舊的夢不放：認為只要他們創造出更多的財富，或加入進步的行列，他們的問題就會神奇地消失。

夢見不同的世界

如果聖者之道是真的，那麼就不僅要應用在我們個人的世界中，還要應用在整個世界。所以，我們應該如何夢出一個截然不同的世界呢？

做一個不同的世界之夢表示，如果你看到鄰近的雜貨店裡，紐西蘭奶油賣得比當地農場製作的奶油便宜，你會明白其實紐西蘭的奶油並沒有比較便宜。因為當卡車、火車和輪船長途運送奶油時，會使環境付出代價；而當你購買遠地運來的奶油時，你就會讓當地的農民很難繼續經營奶油生意、維持品質並監督製造過程。你會了解其實紐西蘭奶油真正的成本比當地生產的奶油要高。

你藉由購買當地產品、關掉電視，讓你的孩子們知道該如何識破那些沒完沒了的廣告，在真實的層次上夢想出一個不同的夢。然而只改變購物習慣是不夠的，你不但要在蛇的物質層次上參與創造，還要在靈性（老鷹）的層次上參與創造，在這個層次上，你能超越時間，進入永恒和不可知的河流。

我們在世界上，都累積了許多用自己的感官體驗到的訊息，並看到超越我們之外的未知世界隱約可見，在老鷹的層次上，已知和未知還有不可知的世界。換句話說，當你走在聖者之道時，你就跨出你已接受的真理之外，開始進入無法用感官認知而只能被體驗的世界。在這個階段，將自己局限在頭腦中，或是蒐集更多資訊並不會有所助益——你必須進行一次量子跳躍，改變獲取知識的方法。你將經由掌控時間、掌控你的投射、不妄念、以及練習土著煉金術來做到這一點。

掌控時間的練習

為了掌控時間，你就要放下你的有關因果的觀念，這樣你就可以邁入永恒的河流。在西方世界，我們學到，時間朝著一個方向流動，未來總是在我們的前方，過去總是在我們後面。這是單向性時間（monochronic time），線性流動，日復一日地慢慢行進。但時間並不只是像一支箭一樣飛逝而過，它也像一個輪子一樣轉動。這就是為什麼非線性時間或多向性時間（polychronic time）被認為是神聖的原因。在這裡，未來滲透進現在，向我們發出召喚，而我們能夠改變已經發生的事情。

線性時間運作的主要準則是因果關係，或因和果，這是現代科學的基礎：這件事發生了，因此那件事就發生。因果關係意謂著過去總是流向現在，並注入此刻。我們相信自己如今是一團糟，因為在我們小時候，父母並沒有好好養育我們，或因為我們接連遇到了許多不正常的人。但當我們把時間視作一個轉動的輪子，主要的運作準則是同時性，或事件的偶發性。我們所說的巧合或機會是一項和因果關係同樣重要的運作準則。

治療者們相信，事情發生的機會和它們發生的原因同樣重要，比方說，兩個人怎麼會偶然邂逅，或這兩個人為何會同時出現在同一個地方。同時性與未來的因果關係有關，它更重視一件事的目的和意義，而非事情的起因。

我回想起詩人羅伯特．布萊（Robery Bly）說過的一個故事，是有關西班牙最著名的鬥牛士馬諾萊特。馬諾萊特小時候非常瘦弱，也很膽小，不肯離開母親半步，他很怕學校裡會欺負弱小的壞孩子。心理學家解釋說，鬥牛對他的召喚是一種補償——也就是說，他試圖向自己和他人證明其實自己是一個勇敢的人。但布萊認為，馬諾萊特也許有過預感，有朝一日他將面對呼嘯而來的兩千磅的火車頭，這種預感足以讓年幼的他感到害怕。

所以，如果時間確實不只以一個方向流動，那麼未來就可以回到過去，召喚我們就像過去將我們向前推一樣。未來若是不能對過去產生作用力，是因為我們以為時間是線性的。治療者知道，某件現在的事的原因實際上可能存在於未來。換句話說，當你上班路上一直遇到紅燈，不要以為宇宙正在密謀和你及你的計畫作對，所以你本該在床上多睡一會兒。相反的，要知道，你正在神聖的時間內運作，而宇宙正為你精密的運作著，確保火車晚開三分鐘，因為你需要趕上這趟車，或者讓你忘了開鬧鐘，或是遇到一路的紅燈，因為你不該坐上那趟火車。

如果我們這樣認知時間，就不會變得惱怒或困惑：我怎麼會愚蠢到誤了火車？我為什麼運氣這麼糟？我們的壓力大為減少，因為我們相信，好運氣和壞運氣都是一個更大計畫的一部分。

有一個古老的禪宗故事說明了這一點。一個農夫有一匹馬，但有一天牠逃走了，農夫和他的兒子因而必須徒手犁田。他們的鄰居說：「哦，你們的馬逃走了，運氣真不好啊！」農民回答說：「誰知道是好運還是壞運呢？」

過了一個星期，馬又回到了農場，帶回來一群野馬。「多幸運啊！」鄰居大叫著，但農夫回答：「誰知道是好運還是壞運呢？」農夫的兒子想要騎野馬，結果從馬上掉下來，摔斷了腿。「啊，真是倒楣啊！」鄰居同情的說。農夫同樣回答說：「誰知道是好運還是壞運呢？」

過了幾個星期，國王徵召所有的年輕人當兵備戰。農夫的兒子因為摔斷了腿而可以留在家裡。「你兒子不用上戰場，運氣真好啊！」鄰居說，而農夫回說：「誰知道是好運還是壞運呢？」

神聖時間的益處

就個人的心理而言，當世界並不遵照你的期望時，就會引發壓力，哈佛大學的研究顯示，百分之九十五的疾病是由壓力引起或加劇的。想像一下，當你跨出因果法則並進入神聖時間，將會發生什麼樣的情形。你將會進入一個你從不會早到或遲到的世界——當你到那裡時，你就到了那裡，而且所有人也在恰當的時刻出現。

掌控時間並不是說我們無法遵守準時赴約的承諾，而是意謂著，我們處於極其完美的阿伊尼中，因此我們總會在恰當的時刻出現。經由掌控時間，我們就能為宇宙提供機會去做它自然而然要去做的事，那就是為我們密謀。放下我們必須操縱周圍的世界，並「掌管」一切以使生活正常運作的信念。我們從老鷹的角度可以發現，我們只需要用百分之五的精力，而不是百分之九十五的精力，就可以用我們希望的方式來影響世界。這是因為我們能夠在未來解決問題，甚至是在問題還沒有產生之前就先發現。

跨出線性時間也讓我們能進入永恒的領域，宇宙從這個永恒的領域夢見它自己。在神聖時間之內，我們可以為自己找到最想要的命運並選擇它。一旦我們這樣做了，就能很容易地改變自己正在走的道路。

我的一個學生已經努力了好幾年，希望有時間畫畫，她認為這是她的天命。但有三個年幼的孩子和一份全職工作，根本沒時間接近畫架。而且，她倚賴速食，因為她幾乎沒有時間為家人做飯，體重因而增加了三十磅。肥胖影響了她的自尊心，她失去了自信。她認為，在重拾畫筆之前，必須開始節食與運動……但在她可以做這些事之前，她必須把儲藏室改為畫室……等雖然她為自己設定的每一件任務在一開始看起來都是令人裹足不前、難以達成的，但在體驗了神聖時間之後，她能夠找到自己內在的畫家，並將她放到自己的未來。她開始和其他媽媽合開一部車，購買更有益健康和有營養的食物，並為家人烹煮有益健康的飲食。她放下必須擁有一間畫室的想法，把畫架放在後院裡。她發現，在這個過程中，她的時間不知何故會自行變得有條不紊，讓她能有時間畫畫。

當我們練習掌控時間時，就能在人生旅程中抵達自己選擇的終點，而不是到達統計學為我們選擇的終點。例如，我有幾位身患病痛的個案案主，對病情的預期並不樂觀，正如統計學所說，他們很有可能會像其他有相同病情的人一樣死去。但藉由跨入神聖時間，他們就能沿著機率較少的命運路線前進，走向更有利的結果。此後，他們就會有更好的機會向機率挑戰並得以康復，或者會有一種安詳且沒有痛苦的轉變。

理解非線性時間

雖然我們已經相信，時間是一種以固定速度移動的物質實相，但當我們練習作夢時，時間並沒有方向性，夢境並不是沿著一條直線移動的，就像當我們夢見一位已去世多年的親人，接著又夢見我們的孩子，而且因果關係並不存在：當我們將夢的世界化為實相時，未來並非一定要建立在過去之上，而過去也不必預定我們的現在。在神聖時間中，我們可同時觸及未來和過去，而且一切事物都是即刻發生——只有從這個永恒之地，我們才能將夢的世界化為實相。當我們將自己的感知提升到老鷹的層次時，就更直接體驗到這種無限感。地球守護者說，我們並不是要等待遙遠未來的某一天才能恢復自己最初的本質，並回到伊甸園中，而是現在就是進入無限、恢復我們的神性自我，並與世上之美同行的完美時刻。

永恒是一個無數片刻組成的序列，在另一方面，無限是一個在時間之前及之後的地方，在大爆炸之前，也在宇宙再次毀滅之後。也就是說，它是在時間本身之外的。在這個無限之地，你可以影響在過去發生的事並輕推命運。在這裡，未來就像過去一樣在驅策你。你也許永遠不知道，自己為什麼會錯過火車，或為什麼巧遇你以前的一個同事，但你知道，這些事的發生有其意義和原因。你相信你的理解會追隨你的體驗而非帶領你的體驗。無論你錯過火車的那一刻是多麼令你困惑和不高興，但你還是接受這個事實並臣服於它，因為你知道，美好的事物總會發生在信賴大靈的人身上。

地球守護者明白，如果你想要改變一個情境，就必須從接受它本來的樣子開始。你認識到當下是完美的——然後你才能改變你想要改變的一切。

一旦你跨出時間，進入無限，過去和未來就會向你顯現——你能看見明天和後天，甚至你臨終的那一天。然後將你這些有意識的記憶抹去，這一點很重要，因為這樣你就能全然活在你生命中的每個當下。你想要醒來時說：「多麼美好的一天啊！」而不是「這是我將死去的日子」、「明年的今天正好是我的死期」，或你想到的任何想法。你不想要再次陷在時間裡，將死亡視為掠奪者，並忘記了你最初的本質。這意思是你保守祕密，不讓小我知道你在這無限之地所學到的事物。

要知道，在一百二十億年前，存在於未彰顯的虛空之中，我們稱作上帝的極其巨大的力量，決定要體驗自己。隨著一次大爆炸，它形成了我們宇宙中所有的物質，然後藉由無數種形式——從岩石到蚱蜢、從月亮到大象——來探索自己。而由於這個巨大力量是無所不在和無所不知的，所以它的每一種示現也同樣擁有這些特質。為了要藉由各種形式來了解它自己，所以不讓自己知道它存在的本質是什麼。當我們跨出「時間之箭」並體驗無限時，就收回了我們最初的本質——即神。當我們回到時間之中，就失去了這種覺知，這樣就能在時鐘所統治的世界中體驗生活，這是必須做的。我們回到每天的生活之中，不知道我們就是神，夢想一切事物。因此，在日常生活中，我們最初本質的知識驅使我們去服務自身的體驗，而非期待它們為我們服務。也就是說，我們不是懷著飯菜會滋養我們的期待去做飯，而是在準備食物和招待別人的過程中滋養自己，為體驗注入意義。我們不再在情境之中尋求意義，而是將意義與目的帶給每一次的相遇；不再尋求真理或美，而是把真理和美帶到每一種情境中。

我們常常期待儀式成為一種能服務我們的經驗，能使我們感覺到神聖、愛國、自豪、團結等等。結果，我們不習慣敞開自己去體驗在每個經驗中呈現的美、荒謬和劇情。我記得小時候認為，我的第一次聖餐禮將是一種深刻的、具有轉化力量的經驗，因為我身上將會充滿聖靈的力量和光明。但當牧師將白色黏黏的聖餅放進我的口中，我並沒有任何不凡的感受。我當時並不明白，這種經驗深刻與否是由我來決定的。

如果我們知道自己無所不在、無所不知的本質，並隨時都記住這一點，我們就永遠不必努力獲取超凡的經驗或開悟。我們會知道所做的每一件事都是神聖的，因此不再去尋求意義、真理、美或目的。我們停止尋求，並將美帶給每一個行動，將真理帶給每一次相遇。當我們已經到過那個永恒之地，我們就會發現，活在當下遠比想著我們本來應該做什麼、現在應該做什麼或接下來要做什麼更容易。無論我們是在親吻我們所愛的人，還是在掃地，我們都會讓自我沉浸在當下和它的完美之中。

掌握你的投射練習

若要掌握你的投射，就需要去了解你自身有哪些部分是你拒絕去面對的。事實上，你所信以為真的事，包括你所相處的人和面對的處境，都反映著你認為宇宙是如何運作的故事。當你了解了這一點，你就能深入的、勇敢的檢視你生活中的每個困境，並從內在改變它。

海森堡對次原子世界的觀察也適用於我們的次元中——即無論我們觀察什麼，

都會在觀察的過程中改變結果。但要改變它，我們必須先認出從別人身上反映出來的隱藏自我。

心理學家卡爾・榮格把這些隱藏的部分稱作陰影，他發現這種比喻對於他了解人類未顯的層面很有幫助。你對自己的影子覺察到多少？花一點時間，現在就看看你在地上或桌子上的影子。它總是在那裡，無論你走到哪裡，它都在你身邊，但你卻很少注意到它。有時我們的影子拉得很長，比如說當太陽西下時，而有時我們的影子很小，比如說太陽在我們頭頂時。當你掌控了讓你感到不舒服的那部分自我時，你再也不會要任何人為你的痛苦或幸福負責。於是，你就會像太陽一樣，發出自己的光芒，太陽是唯一不會投射陰影的東西。

我們的陰影是讓我們感覺自己不夠好、我們是不被需要的（被遺棄的），或我們是失敗者、永遠不會快樂的那部分自我；而投射是一種機制，藉由這種機制，我們將這些不想要的特質投射到其他人身上。個人都有各自的陰影，而群體也會有集體的陰影。個人投射負面陰影的一個例子是，一個承認自己是同性戀的政客，公然主張限制同性戀的權利。除非他療癒了自己內在的陰影，否則他會繼續把對自己的厭惡投射到他人身上。另一個例子是，有人把美國的所有問題都怪罪到「所有的共和黨員（或民主黨員）」頭上。

集體陰影的一個例子是納粹。一九三〇年代，德國處於經濟蕭條時期，而許多猶太人卻崛起成為成功的科學家、學者、音樂家和企業家。納粹將他們的集體陰影投射給猶太人，把國家的所有問題都怪罪到猶太人身上。他們無法接受他們缺乏創造偉大藝術和繁榮經濟的能力可能是源自於自己的缺點，因此，必須尋找代罪羔羊。這是一種更受歡迎的選擇，無須去面對自己，並克服自己的缺點或自己文化的問題。投射是一種機制，告訴我們：「問題出在他們身上。」

另一方面，我們也投下正面的陰影。例如，許多覺得自己不受歡迎、無法接納自身之美的人，將這陰影投射在電影明星身上。他們對好萊塢的超級偶像著迷，為了要像他們的偶像一樣迷人而去做整型容手術。但再多的整型手術都無法讓他們真正感受到自己的美。瑪麗安．威廉森（Marianne Williamson）曾經說，我們最害怕的不是自己的黑暗，而是自己的光明。她是指，大多數人是多麼容易否認自己的美和傑出的才能，讓自己顯得渺小和一文不值。

你將自己陰影的每一個層面都投射到這個世界，無論它是正面的還是負面的。而宇宙是流動的，它會自我安排以順應你所有的投射，並且每一次都證明你是對的。如果你在內心深信自己是無力的、沒有才能的和缺乏魅力的，那麼宇宙就會證明你就是這樣的。同樣，如果你毫不懷疑地知道，在你內在有著偉大的詩篇、優雅和善良，那麼，宇宙就會給你機會將這些特質化為現實。這並不是說，好萊塢會飛奔到你的門前，或你的書會自動升上暢銷書排行榜的榜首——但這確實是說，你將能夠在這個世界上展現你的創造力和才能。

當你覺察到你所體驗到的每一件「不是你」的事物，都是你陰影的投射時，你就能藉由掌控自己的投射而改變世界。我並沒有說「掌握你的陰影」——這是西方心理學中一個很流行的觀念。治療者知道，投射只是一種低等的作夢形式，而發現這種機制才是重要的，這樣我們就可以運用投射來以一種更高等的方式作夢。

遺憾的是，你愈用心理學的方式去掌握自己的陰影，黑暗就會變得愈大，因為你回頭去嘗試重寫劇本，而不是去學習編寫一部新的劇本。相反的，你要去練習掌控你的投射，因為當你這樣做時，陰影就會變得非常小。開始時，你能將一個像是「我的配偶使我不快樂」的故事，轉變為「我正在使自己不快樂」的故事。你的配偶只是在做她所做的，但她並沒有讓你不快樂——只有你才能使自己不快樂。當你掌控了你的投射，就不再會扮演受害者的角色。當然，這並不意謂著你必須喜歡你無法接受的行為。你的伴侶依然必須學習她的溝通技巧，但你的快樂不再取決於她是否做了什麼。

但是，僅僅掌控你的投射是不夠的。如果你要將全然不同的夢的世界化為實相，你就必須將你的投射轉變為一個力量和恩典的故事，這就叫做一個旅程宣言（journey statement）。例如，你可以說：「因為我讓自己快樂，所以我身邊的每一個人反映著我的快樂。」這樣，你就對自己的快樂擁有決定權，而且你能從內在尋找快樂的泉源。此舉將會使永遠應允的宇宙來支持你。

例如，一個離婚的母親發現，當她的孩子們和她的前夫一起度週末時，他允許他們做她不准他們做的事。她可能就會覺得：「我的前夫正在用我的孩子傷害我。」若要掌握自我投射的話，她可以告訴自己：「我正在傷害我自己和我的孩子。」要知道，她的前夫已不再做任何傷害她的事──他只是在做他所做的（這很可能就是她與他離婚的理由）。她不需要因為她的孩子跟父親在一起時沒有遵守她的規定而懲罰他們。

接下來，她可以將這個投射轉變為一個旅程宣言：「當我愛我自己時，我就能全心的愛著我的孩子們，並教導他們如何去愛。」於是，她的頭腦就不會緊抓著這個念頭不放——認為自己是一個高貴的拯救者、正在保護她的孩子，使他們不受前夫傷害，她不再會需要去寫一個她的前夫是壞蛋的故事。她和孩子們會因此而更快樂（當然，她不會容忍任何危險或不適當的行為，但她再也不需要宣稱自己是對的、她前夫是錯的）。

請記住，旅程宣言跟肯定不同，在上面的例子中，如果是一句肯定語，就會是我愛自己，而且我全然地愛我的孩子們。肯定語句是有用的，儘管它們時常混合著渴望和一廂情願的想法。例如，這句肯定語隱含著，在內心深處，你並不真的愛自己——畢竟，當你愛自己時，你並不需要肯定這一點。

旅程宣言是對你的潛意識發出命令，要啟程走上某條道路，告訴大靈你想要前往哪個方向。它提醒你，選擇和力量全在於你，而它的效果是很清楚的：「因為我愛自己，所以我能全然地愛我的孩子。」在我們這個例子中，做出這樣的宣言能讓這位女士擺脫以下這種三角形關係的原型：她不再因她前夫拒絕以她的方法做父母而成為受害者；她不再是憤怒地要求前夫和孩子總是要符合她的要求的加害者；她也不再是高貴的拯救者，勇敢抵抗她的前夫，以保護她的孩子不被他教壞了。

這個洞見告訴你，你能擁有你所想要的，或是你能找到你無法擁有你想要的理由。你可以專注在那些阻礙你感到喜悅、安詳和充滿希望的想法，並且為了想了解這些想法而花很多時間去做心理治療；或者你可以是喜悅的、安詳的並充滿希望的。當你明白你正在夢想一個喪失和平喜悅的景象時，你就要開始選擇自己的快樂。當你執著的相信投射是真的時，你最後會因為自己沒有擁有你所想要的而去責怪環境。

以下練習將幫助你掌握你的投射，並將它們轉變為旅程宣言，讓你掙脫你的故事而獲得自由，夢見一個不同的實相。

練習：掌握投射，夢見不同的實相

列出三個你現在遇到的三個問題，針對你自己以簡單的方式陳述出來。明確寫出你所處的情形，而不是描述整個圍繞著它的故事。以下是幾個例子：

a. 「只要世界上還有這麼多的痛苦和不公，我就不可能快樂。」

b. 「我的前妻（或前夫）對我非常惡劣。」

c. 「每件事都非常糟糕，怪不得我很難讓自己面對另一天。」

現在，掌握你的投射，並探索自己已經選擇的觀念、信念和行動的後果。像這樣重新陳述你的問題：「當我這樣做了以後，就發生了這件事。」請注意，這個練習不是要責怪你自己或讓你感覺自己很糟糕。這個練習的目的是要你體認到，你正在夢見你的實相，而你能選擇夢見一個不同的實相。雖然指示非常清楚，但你可能還是很難理解，因為你的小我不願配合這種練習。

這是幾個掌握你的投射的例子：

a.「當我在自己的生活中只看見痛苦和不公時，我就讓自己不快樂。」

b.「當我對自己很惡劣時，我就傷害了自己和我的前妻（或前夫）。」

c.「當我不敢面對今天時，一切就都不順利。」

在你掌握你的投射之後，將它們變成旅程宣言，這些宣言反映著你深思熟慮後的選擇：你將會思考什麼、相信什麼。用這種形式，說出你希望達成的結果：「當我做這些事，就會發生這種正面的結果。」例如：

a.「當我看見我四周的喜悅和公正時，我就將快樂帶給自己和他人。」

b.「當我活出和平、實踐和平時，我就是將和平分享給我的前妻（或前夫）、伴侶和其他人。」

c.「當我每天醒來，由衷地迎接這一天，生命向我招手，一切皆如意。」

一旦你已經掌握了你的投射，就會了解，就算你能改變那些你為了要感到快樂而必須有的外在環境，你依舊不會感到滿意。事實上，你想要的永遠都不夠，因為外在環境中的任何東西，都無法填補你內在的空虛。得到一間更好的公寓、換掉你的前妻或前夫、獲得升遷，或吸引一個富有的情人，這些都只是讓你短暫的感到快樂與滿足罷了。

遺憾的是，我們多半非常執著在自己的故事上，所以比較喜歡去想為何我們得不到自己想要的事物的原因，其實我們只是拒絕掌握我們的投射而已——例如，如果我們無法找到一個甜蜜的伴侶，我們就告訴自己，是因為沒有適合我們的人。我們寫下一個故事，認為自己尋覓不到愛情，乃是因為我們被傷害了，或者是運氣特別差的受害者。

我們很容易相信若要衷心感到快樂，就要擁有伴侶，或是堅持扮演高貴拯救者的角色，認為直到我們解決了某個幾十年來折磨人類的社會問題，我們才能擁有和平。但是當我們拒絕掌握自己的投射，我們就錯失了和平、喜悅、豐盛的能量、創造力和熱情，而這些能量會幫助我們在這個問題上取得真正的進展。

當你掌握了你的投射，並將它們變成一個旅程宣言，你就會明白，你一直在將夢的世界化為實相，而且你能從這個集體的夢魘中醒來，並進入神聖的夢。

不妄念的練習

當心智開始忙於編寫一個有關我們未受善待的故事，或作著白日夢，幻想著如果我們找到對的人或情境，人生會多麼美好時，我們必須消除這種妄念，而地球守護者是透過「不妄念」的練習來做到這點。

練習不妄念需要你掙脫自己的思想，並與內在超越思想的聖者接觸。雖然對想要熟練靜坐的人來說需要多做練習，但你不必為了達到不妄念而花很多時間在靜坐上。當你了解心智就像隻愚蠢的猴子，從一個念頭跳到另一個念頭時，你可以安靜地坐下來，看著它的變化而覺得很有趣。思想會一波波的繼續湧現，但你不會困在裡面，因為存在的只有聖者。

因此你會說：「我的心智總是執迷不悟地相信我未被善待，讓我覺得自己是個受害者。」接著，一會兒之後，你就會忘記自己是聖者，再次把心智的活動當作是自己。接著，你會回想起來，並問：「未被善待人的是誰？」以及「是誰在問這個問題？」

你可藉著提出下列問題讓自己從對雜念的認同，切換到對聖者的認同，例如：「誰受到了傷害？」「誰在發怒？」以及「誰上班遲到了？」然而會把你帶回家、來到聖者面前的，一定是這個問題：「是誰在問這個問題？」一旦你問自己這個問題，你便打破了昏睡狀態，心智就消散了。只有大靈依然存在，因為大靈就是聖者。

心智停下來之後，紛飛的雜念就會停止。此時，我們就能單純的觀察自己的思想，微笑的看著我們的「猴子心智」，而不會認為它就是我們。總有一天，我們將會認出真我，即居住於風暴中心的聖者，不受我們周圍任何騷動的影響——例如與配偶的爭吵、汽車拋錨或胃潰瘍發作。此時四周的嘈雜聲就會消失，因為我們明白，它只是一面鏡子反映出我們心智中發生的一切的鏡子。當我們實相的螢幕變成一塊空白的畫布，讓我們在上面創造和夢想時，聖者就會慢慢地、不可阻擋地占據主導地位。

你無法「用意念決定」放下萬緣，成為聖者，因為一旦你這樣做，心智將會消失……而且心智知道這一點。因此，它為了保護自己，會以種種理由來纏住你，告訴你不能做這個練習。你只能藉由詢問：「問這個問題的人到底是誰？」或者藉由吸食能改變心智強效的物質，才能發現聖者。在迷幻藥的影響下，心智會瓦解，小我就會消散，只剩大靈在追隨它自己。然而，這些植物只能在薩滿師父的指導之下使用，這樣才不會誤入歧途或迷戀這種經驗，造成很大的傷害。

記得第一次在亞馬遜服用傳說中的靈魂之藤（ayahuasca）的情景。當你喝了靈魂之藤，你就會喪失平時自我所會擁有的各種感覺，這些感覺讓你認同於你的工作、你的角色、你的家庭甚至你的歷史。下面是我最初服用靈魂之藤時所做的一段筆記，摘自我的《四風之舞》（*Dance of the Four Winds*）一書（與艾力克・簡德森〔Erik Jendresen〕合著）：

> 我在移動，我在呼吸。
>
> 我穿過一幅由多層潮濕樹葉所組成的拼畫，上面懸掛著藤蔓，紅色、黃色、綠色，皆被月光暈染而變得黯淡。我的頭低垂下來，愈喘愈快。大地在我的……手和腳下，萬物正慢慢長出來，它們跟我胸口心跳的節奏同步在移動。我的呼吸很熱，很潮濕；我的心跳得太快了，而且除了潮濕、混亂的叢林之外，我還能聞到自己的味道。

那裡是一塊空地，我就在那裡，盤腿而坐，身體赤裸，月光下潮濕的皮膚閃閃發光。我的頭向後仰，我的咽喉感到拉緊，暴露在外。雙臂放鬆的放在身體兩側，雙手在地上，手心朝上。

我從叢林的邊緣觀察我自己，除了呼吸，一動也不動。在我後面，叢林整夜未眠的喧鬧著。

我隨著一個輕柔的影子移動，沿著空地邊緣繞著我的獵物旋轉。無聲之間愈靠愈近。

現在我們一起呼吸。我的頭向前低垂，下巴碰到前胸。我抬起頭，睜開眼睛，凝視著黃色的貓眼，我的眼睛，動物的眼睛。我的呼吸在我的咽喉停住了，我伸出手，摸到美洲豹的臉。

經過許多年的靜坐，並在亞馬遜經過十年的草藥訓練之後，我發現自己並不需要外在方法來發現始終存在著的聖者。在我的身體出生之前，他就在那裡了；畢竟，我並不是我的身體——我只是住在它裡面——而且在我的身體回歸大地之後，聖者仍將在那裡。

下面的練習會幫助你發現或再度發現你內在的聖者。

練習：詢問與靜觀

舒服的坐在你最喜歡坐的椅子上，讓房間裡的燈光變暗。如果你願意，點盞蠟燭，確定你是在一個完全安靜的地方，因為你想要聆聽自己心智的絮語。閉上眼睛，開始深沉而規則地呼吸……從一到十默數你的呼吸，然後再次從一開始數起。

幾分鐘後，你會發覺當你默數到二十七或三十五時，你已經全神貫注在想著晚上你要做什麼、白天上班時你有什麼沒做，或你和某個人之間不快樂的事。也許你腦子裡正在哼一首曲子（有一次，我在閉關靜坐時，披頭四的一首〈黃色潛水艇〉在我腦子裡整整唱了一個禮拜）。

重新回到默數呼吸上，自問：「是誰在生氣？」「是誰遲到了？」「是誰在呼吸？」然後再問：「是誰在問問題？」保持安靜，觀察在你問問題時發生什麼事。

試著在一天中反覆做這樣的詢問，即使不是在靜坐的時候。聖者愈常顯現在你覺知中，她就會停留得愈久。聖者會將你從蛇的覺知轉入到老鷹的覺知，這樣你就會意識到巨大、空白的創造的畫布，以及你擁有力量將夢想化為美和優雅的世界。

土著煉金術的練習

為了練習土著煉金術，我們要遵照四個步驟的程序，以超越我們的角色和我們的情境。

歐洲人的煉金術是將死的物質，諸如硫磺和鉛放入熔化鍋，用火加熱，希望將這些物質轉變成黃金。而地球守護者的煉金術則不同：他們將活的物質放入大地的坩鍋之中，讓太陽之火將它加熱，這樣就長出玉米——活的黃金。美洲原住民是一個實際的民族，他們用玉米培育與繁衍他們的智慧。這就是為什麼我們說，你必須用你的言行來「種出玉米」；否則，你就是在說無用的話，做無用的事，你會陷於角色和情境之中，什麼也沒有學到，也沒有獲得成長。

印加治療者是敏銳的自然觀察者，會注意蜂窩和蟻丘是怎樣成為一個具有許多獨立部分的有機體。他們觀察螞蟻是怎樣在蟻穴中培育菌類，蜜蜂是如何設法透過一套複雜的空中舞蹈，來告訴其他蜜蜂花的位置在哪裡。他們知道，蜂窩的存在會讓個別蜜蜂生存的需求得到滿足，而蟻丘確保讓一隻螞蟻過好日子。對於地球守護者而言，蜂窩和蟻群只是土著煉金術中的簡單例子，說明生命如何藉由創造蟻丘和蜂窩這種群聚，以尋求更高層次的秩序和複雜性。

同樣，細胞的問題（像是對食物和溫暖的需要）可在比它高一層的結構——組織——獲得最好的解決，組織的需求則可從器官，像是胃和心臟，獲得最好的解決，而器官的需要則可由一個活的、有呼吸的生命得到最好的解決。換句話說，老鷹的細胞需要滋養，但與老鷹的胃或細胞相比，老鷹是一個更有效率的獵人。

當印加治療者想要解決一個問題時，他會練習土著煉金術，然後努力將覺知提升到更高的層次，這個問題很容易解決，他從老鷹的層次來解決細胞的問題（或從蜂窩的層次解決蜜蜂的問題）。

若要學習土著煉金術，我們一定要了解人類與萬物之間交互連結而成的巨大蜂窩。著名的人類學家克勞德・李維-斯特勞斯（Claude Levi-Strauss）曾說過，要了解宇宙的運作方式，首先必須了解一片葉子是如何藉由光合作用將光變成生命。但對於印加治療者而言，若是想要弄懂一片葉子是如何運作的話，首先必須掌握宇宙的運作方式，土著煉金術能幫助我們做到這一點。

土著煉金術由四個步驟組成：確認、分化、整合和超越。確認，是蛇的特質；分化，是美洲豹的特質；整合，是蜂鳥的特質；而超越，則是老鷹的特質。細胞能被確認為是單一有機體，而它們分化（特殊化）為肌肉細胞、腦細胞、皮膚細胞和其他細胞；接著，它們整合為心臟、胃、頭腦和其他器官；然後，超越它們各部分的總和。你無法用老鷹的器官來描述一隻老鷹，但是老鷹的確是由這些器官組成。

哲學家肯恩・威爾伯（Ken Wilber）解釋了這一過程，並描述了在小時候，我們如何認同於自己的父母，後來，到了青春期，我們離開父母，以便區別並發展我們自己的身分。最後，我們能夠將父母整合到我們的生命中，而不用害怕我們會失去自我感，最終我們自己為人父母得到超越（當然，有些人不會為人父母，而是指導和培養他人）。我們都知道，有些人還沒有機會整合自己與父母的關係，他們的父母便已去世了，這真是一件憾事。

我們總是處於認同於某些事物、跟他人作區分或整合並超越他人的過程中。例如，我喜歡看足球比賽過程中的變化，狂熱的球迷認同於他們當地的球隊，並蔑視他們的對手。而當選出一支球隊代表他們的國家參加世界盃時，球迷們又開始為他們幾個星期之前所蔑視的球員歡呼，他們現在是在國家的層次上產生認同。

相似的情形是，在美國，大多數人認同於某個地域（例如中西部），而跟另一個地區的人（例如東南部）產生區別，然而當恐怖主義危機發生時，就整合並認同我們都是美國人。在最後的超越步驟中，認同自己是地球公民，並明白像全球暖化、愛滋病、小兒麻痺症等問題，只能在全球的層次上才能加以解決。我們對全人類的忠誠，取代了對自己的家鄉和國家的忠誠。

土著煉金術不只描述四個層次的感知，也讓你能遊走在這四種感知之中。這煉金術不只解釋水就是H_2O，也教你如何讓天下雨，它能快速轉化你的生活……但你不能跳過過程中的任何一個步驟。畢竟，細胞不能變成老鷹，除非它們成為某個器官的一部分，然後整合成系統。

我有一個學生，她的女兒是個非常喜歡足球的球員，於是我的學生每個星期都會花幾個小時的時間，用她的小休旅車送孩子們去比賽。每個人都覺得她是個足球媽媽，但是她感覺到一種非常強烈的心靈呼喚，知道自己該是一個老師和治療者。有一天，她發現自己胸部有一個腫塊，被診斷為癌症。在別人的眼裡，她是一個足球媽媽和癌症病人。然而，她並不願意認同於她的疾病——她想要讓自己與癌症區分開來，然後克服它。於是，她報名參加了我們的光體療癒學校。

在第一個為期七天的課程之後，她告訴她的家人，她既不是一個足球媽媽，也不是一個癌症病人——她是一個治療者，但沒有人相信她。「我並不是我的癌症，」她總是這樣告訴她的同學，「我只是在與癌症搏鬥。」我們相信她，並尊敬她不認同於疾病的勇氣。很快的，她開始達成整合，她說：「我並不是我的癌症，也不是在與癌症做鬥爭，我是從中學習，這是喚醒我的鐘聲。」整合她的癌症讓她邁向土著煉金術的最後階段：超越。在她訓練結束時，她能夠這樣說：「我的癌症拯救了我的生活，因為它讓我重新創造我自己。」

我的學生已不再認同於她的診斷；相反的，她知道她的療癒與聽從自己的召喚，使家人支持她成為自己希望成為的治療者有關。她必須進行化療，並轉化她的人際關係。她不可能走任何捷徑，一夜之間就成為一個治療者，因為這樣不切實。只在幻想中遨遊並不會導致自我轉化，因為土著煉金術的過程是需要花時間的。

突破蛇的狀態是最困難的一步，因為當我們認同於某事——比如，母親的角色、戒酒者、癌症病人或受父母虐待的孩子——我們就讓自己相信，這就是我們真正的自己，因此我們陷入惡夢中，忘了自己才是那個將夢想化為實相的作夢者。幸運的是，土著煉金術的每一個層次，都使我們的意識逐漸變得清醒，這樣我們便有能力轉化夢境。

現在，我們理解在美洲豹（心智）的層次上，橡實的需求能從橡樹那裡獲得最好的滿足。但是若要轉化自己，不僅要知道自己需要改變什麼——還必須在蜂鳥和老鷹的層次上體驗這種轉化。當一顆橡實被放在泥土裡時，它必須放下「種子」的身分，並開始把自己視為「橡樹」。因此，我們也必須放下自己受某個問題困擾或陷於某個角色的認知，想像自己獲得自由，掙脫了我們所認同或執迷的事物，無論這看來是多麼不可能達成。

以下練習會在神話和能量層次上幫助你改變，我會做這個練習，也和我的個案的案主一起做這個練習，當我受邀為機構進行諮商時也做這個練習。先讀完這個練習，然後想想在生活中你正面對的問題，拿一些石頭、樹枝和其他東西來代表這些問題和角色，你也許想用寫下你想要分化、整合、超越和認同的事物來開始，然後再思考這些改變。

如果你已忘了如何將自己的投射轉變為旅程宣言，那就複習這一章中掌握你的投射的練習。當你準備好了，就能開始做這個練習，在蜂鳥甚至老鷹的層次上進行改變。

練習：運用土著煉金術進行轉化

這個練習最好在戶外進行，在海灘上或在院子裡，用一根棍子在地上畫一個圓圈。你要畫出四個曼陀羅，或代表你的祈禱的立體象徵；如果可以，就在一個有能量的地方進行這個練習，例如河邊的一個山洞或森林或山中的一個聖地等這類天然的大地神殿。你也可以在自己的客廳裡拿四張紙來做這個練習。

1. 以你所站的位置為圓心畫一個四英尺的圓圈，這就是蛇的圓圈。接下來，選一塊石頭或一根樹枝代表你所認同的一樣事物。找出這樣事物的一個簡便方法，是想想你現在正在處理的問題——如果它是一個問題，你就已經認同它了。專注在這個問題上，同時用手握住石頭，然後將你對這個問題的所有感受都吹進石頭中：你的擔心、你的憤怒、你的挫折和你的傷害。

將石頭放在圓圈內任何你喜歡的地方。你可以最多選三個你正在處理的問題來做練習，把它們擺放在圓圈中任何你喜歡的地方。你可以給這些石頭做好標記，或記住有小鋸齒的白色石頭代表失業，有雲母條紋的黑石頭是你用來代表作為一個自我犧牲的天主教婦女等等（你也可以選擇在一張紙上標出每塊石頭的象徵意義）。用海草、樹葉、泥土、苔蘚和任何你喜歡的東西來裝飾圓圈，它們代表圍繞這個問題旋轉的能量和人們，在影響著這個問題。

2. 在第一個圓圈旁邊再畫一個圓圈，在這個圓圈裡放進一個你已經與它區分開來的問題或主題，這是美洲豹的圓圈。例如，你可能不再認同天主教徒的身分，不再認同你出生的城市，或不再認同商人的身分。選擇最近的例子——也許是去年真的困擾你但現在已經化解了、不再威脅到你的問題。也許幾年之前你是一個非常積極的女性主義者，儘管你現在依然認同這些價值觀，但女性主義者一詞已不再能形容你是誰。

將你對它們的感受，吹進另一顆石頭或樹枝之中，然後將它放在你的曼陀羅中。同樣，你可以用一個主題或最多三個主題做練習，但要記住，超過三個主題會變得混亂。用苔蘚、草和樹枝來裝飾你的圓圈，用它們代表在過去圍繞與影響當時的你的那些人與能量。

3. 現在，在這個圓圈旁邊再畫一個圓圈，把你整合進來的元素放在其中，這個圓圈是蜂鳥圈。例如，你可能已經整合成為一個年長者，因此，你不會每天早晨在鏡子前察看有沒有新的白髮，或為自己的年紀擔憂。你可能已經整合成為一個作家或一個治療者，所以你不再需要向別人隱瞞，也不必向那些你覺得可能會誤解你的人辯解。

例如，許多年來，我一直覺得讓別人知道自己是薩滿巫師是件尷尬的事，因此，當飛機上坐在我旁邊的人問我是做什麼的時候，我會回答，我是一個醫藥人類學家。現在，我很滿意自己的薩滿巫師和治療者的角色，我已經整合了我生活中的這個層面。雖然我仍然不會主動在飛機上和坐在我旁邊的人攀談，但當我這樣做時，他們通常會對這個話題非常感興趣。命運現在安排我坐在會反映著整合後的我的人旁邊。

4. 畫最後一個圓圈，在裡面放置一個你已經超越的元素，這是老鷹圈。例如，你可能已經超越了你的國籍，如今你把自己視為世界公民。或者，如果你對比你年輕或年長的人們現在喜歡的音樂和文學感到熟悉，那麼你可能已經超越了你那一代的人。你可能已經超越你的社會地位、富有或貧窮！你身為兒子、女兒或母親的角色；甚至一個身體疾病或診斷。將這些元素的其中一個吹進一顆石頭或一根樹枝之中，然後把它放進你的圓圈裡。

一旦你畫出了這四個曼陀羅，你就有了一張地圖，裡面有你生活的核心主題及你需要解決的問題。但當一張地圖能讓你在它所描繪的區域中航行時，它才是一張有用的地圖，所以，從任意一個圓圈中選擇一顆石頭或樹枝，這樣你就能運用土著的煉金術來轉化它所代表的問題。

比如說，你想要從區分圈（美洲豹圈）開始——這樣的話，就從其中一顆代表女兒的角色的石頭開始。拿起這顆石頭，把它握在手中幾分鐘時間。當你回憶自己所認同的那個「女兒」的角色，同時察看石頭上的裂縫，然後想想你所經歷的那段叛逆期，那時你不和你母親講話，或者你想證明是她錯了，雖然這可能給相關的每一個人都帶來許多痛苦和悲傷，但這個叛逆期讓你與這個角色分化。

想一想你如何責備你母親，認為她該對你的不快樂負責……而現在你掌握了這個投射。你大聲說出：「身為我母親的女兒並不是我不快樂的原因。是我讓自己不快樂，我無法做真正的自己。」然後注意看，這種說法聽起來是否讓你覺得是真的。掌握這個投射能讓你完全與問題區分開來，也就是說，讓你認識到：「這不再是我了。」

接下來，將這個投射轉變為一個旅程宣言。可以這樣說：「當我忠於真正的自己，我就會變得快樂，並能與我母親和他人分享這種經驗。」旅程宣言將你從美洲豹的圓圈帶入整合（蜂鳥）的圓圈。旅程宣言包含了你所需要學習的課程，才能將「女兒」整合到一個更高層次。

在這裡，重要的是你所要學到的課程。一旦你「學成」了，並準備好接受旅程宣言，你就能將這顆石頭帶入蜂鳥圈。你已經開始走上神聖的旅程，而不需要花兩年時間在治療上或思考你是否有夠大的翅膀，或你是否擁有充足的時間或能量。這個課程可能是，你必須原諒你的母親——和你自己——既做為母親也做為女兒（注意，這個課程會因人而異）。當你學會了這個課程，你就能繼續前進。

你可以看出，脫離認同的方法（進入美洲豹的層次）是藉由掌握投射。脫離分化的方法（進入蜂鳥的層次），是藉由將它變為一個旅程宣言，並且自問：「為了要繼續前進，我必須學習什麼？」脫離整合進入超越的方法（老鷹的層次），是在你以前視為問題的事物上看到機會。土著煉金術讓你從內在進行學習，而不是藉著你的孩子、父母、配偶和同事來學習。當然，之後你帶著你的課程進入世界，你會打電話給你母親，請求她原諒你，或告訴她你愛她。你不再需要他人來為你反映你還沒有學會的課程。

地球守護者能用她的小藥袋來進行煉金術的過程，這是她隨身攜帶的石頭和聖物。她用一顆石頭或別的東西來代表她生活中正在處理的每一個主題——當她學會了課程，並能將石頭移到下一個圓圈時，那個東西就放進她的袋子裡，成為她精神藥物的一部分，並能助益他人。當她準備好在下一個層次轉化這個問題時，她就能從小藥袋中拿出這些石頭（這些石頭只是一種象徵，一種視覺輔助，因為煉金術是在內在發生的）。

最終，地球守護者的藥袋中包含了她已獲得的有關她自己和自然的所有智慧。她的石頭已經成為力量之物，而她的身分就以她已超越的事物為基礎。她在每一個地方都看到機會，並能說：「我就是山，我就是紅峽谷，我就是大靈。」

你自己來試試看吧！

後記　九個啓蒙儀式

拉依卡們始終是過著超凡生活的普通人，他們並非與生俱來就有大靈所賜的特別天賦，而是經由四個洞見的練習獲得了非凡的恩典和力量。有些人成了著名的領袖和治療者，也有人過著平靜的生活，養育孩子和種植玉米。他們從來不會將這些洞見強加給他們的下一代——拉依卡們覺得，當人們準備好了，並感覺受到召喚時，他們就會去學習。

本書的讀者之中有許多人將會受到大靈的這種召喚，並會渴望去改變世界和自己的生活。當你懷著真誠的意願和開放的心胸走上地球守護者的道路時，你很快就會注意到自己並不孤單。你會發現在你周圍有許多和你思想相近的人，他們努力依循道德和願景過生活。你也會受到數千年前在地球上生活過的光明生命體的指引，他們如今是偉大的生命母體的一部分，會將他們的力量和願景加持到你個人的力量與願景上。

當你跨入蜂鳥的寂靜世界，你就會感覺到這些靈性生命的存在和他們的智慧，他們已經打破線性時間，如今居住在神聖時間和無限之中，不受業報和輪迴控制。當你已上升至一個振動層次——在這個層次，他們可以與你接觸，也就是當你發光能場中由過去創傷所留下的心靈淤泥已得到清洗時，大地守護者就會出現，並前來指引你。當你與他們連繫上時，你就能回憶起你從沒有直接經歷過的故事，但這些故事現在變成是你的故事，你會記起自己坐在火堆邊，和身後的水牛在一起，以及在雪線之上的石廟中靜坐等等的回憶。

因為大地守護者也可以是來自於未來，所以他們能幫助我們連繫上一萬年後的我們。印加治療者可以獲得來自過去的記憶，他們可以觸及存在於時間之外的巨大知識寶庫。未來的啟示顯現為可能性，因為將要到來的每一件事仍然處於潛在的形式。這就是為什麼來自霍皮、馬雅、印加的地球守護者，以及許多其他部族會定期祈禱地球和平的原因。他們追蹤地球可能的未來，以找出一個未來，在其中，河流和空氣是潔淨的，人與人、人與自然和諧相處。找到這樣可能的未來後，就將它輸入到我們的集體命運之中，並使它變得比以前更為可能，因為這個未來的可能性已受薩滿巫師們更多的量子能量的加持。

當我們與光明生命體連結時，他們的故事就成為我們的故事：我們真的「記起」一路穿越白令海峽，或橫越索諾蘭（Sonoran）沙漠進入中美洲，甚至更早的時候，我們從印度一路向北翻越喜馬拉雅山脈，來到肥沃的綠色山谷的偉大旅程。當我們與來自未來的地球守護者連結時，我們就會獲得能提升我們基因品質的知識。這是與科學智慧背道而馳的，科學家們認為，我們的基因只能經由過去、經由我們祖先的天賦和疾病得到資訊。治療者了解，當我們擺脫時間的束縛而獲得自由時，未來就能像一隻大手一樣伸回來把我們往前拉，讓我們能受到未來自我的影響。

追尋你的彩虹光體

當你練習我在這本書中詳細說明的四個洞見時，你的脈輪將會變得清晰，而你會獲得治療者所說的「彩虹身體」。這是當你的能量中心以它們原有的光明發光的時候，不會因疾病或創傷而減弱。要記住，你的每一個脈輪都有一種顏色，當它們以原有的光明閃亮時，就會發出彩虹的色彩。當它們被創傷所蒙蔽，你的發光能場就會有一種淺灰色，而你的脈輪會變成骯髒的污水池。

一旦你獲得彩虹光體，光明的地球守護者就能找到你，因為他們知道，你分享著一個共同的啟示和召喚。當這種情形發生時，而且如果你已經培養出看見不可見世界的能力時，你就能辨別這些光明生命體以前的肉身形體（有時人們會將古代大地守護者感知為美洲原住民的長者，他們穿著亞洲的長袍和西伯利亞的毛皮或亞馬遜的羽毛）。這種情形發生在蛇的層次。

在美洲豹的層次，你將能感知到他們的思想和感覺。但最有趣的現象發生在蜂鳥的層次，在這裡，你有機會接觸地球守護者的智慧和故事。然後，在老鷹的層次，你能「下載」一個新的更好的「軟體」，這個新版的軟體會向發光能場傳遞資訊，然後發光能場會向你的基因傳遞資訊，給它一個新指令，教它創造一個新的身體，這個新身體會以不同的方式衰老、痊癒和死亡。

你無須做任何事去吸引光明生命體——當你邀請他們前來並準備好迎接他們時，他們就會來到你面前（記住，當學生準備好時，老師就會出現）。他們不會以任何方式困擾你，但當你努力將更多光和療癒力量帶給世界時，他們會支持你，也會保護你，使你不會受到當今世界負面而可怕的能量攻擊。

發光生命體

地球守護者是我們的巫醫傳承系統，因為他們是上升到天使層的人類。他們有些生而為人，有些則以靈魂的形式存在，但他們全都有權保護那些正在照料地球的人。佛教徒把這些生命體稱作菩薩——他們是所有人最好的靈性盟友，他們教導我們要如何才能變成天使。這就是治療者的預言——我們都擁有成為發光人類的潛力——含義。我們能在自己的一生中培養天使的發光能場，而這四個洞見為我們提供了這樣做的關鍵。

當我們練習英雄之道、光的戰士之道、看見者之道和聖者之道，並進化成發光人類時，我們就不再必須請求天使和大天使來幫助自己找到停車位或財富，因為我們正變得像他們一樣。請記住，《聖經》中上帝說：「那人已經與我們相似、能知道善惡，現在恐怕他伸手又摘生命樹的果子吃，就永遠活著。」

當我們成為地球守護者，我們就加入了天使的階層，天使來自許多不同的世界，而且是創世之後出現的最初靈魂。他們不像我們一樣經過肉身輪迴，因為他們不需要肉身形式，正如他們不需要在物質世界中學習和成長一樣。他們擁有永恒生命，而且是許多銀河系中許多個世界的守護者。

當一個人下決心要成為地球守護者時，這四個洞見的練習就變得極為重要。當我們練習非暴力、和平和正直時，我們就不會成為他人的食物，也就能維持自己發光能場的完整。我們的精神力量就不會浪費，而是可供我們的成長之用。

啟蒙儀式

拉依卡治療者的訓練是以這四個洞見為主軸，但地球守護者的訓練中還伴隨著另一個有力的部分，是一套九個啟蒙儀式。

這九個啟蒙儀式能幫助我們在自己的發光能場中發展出一種新的建構，使得在蛻變為發光人類時，能穩定每個重要的轉折過程。當我們從人類身體向天使身體轉變時，我們的頻率都會受到調整，而這些儀式就是所有必經的調整。這九個步驟最初由大天使親自傳授給古代老師，又由老師再傳給學生，一直流傳至今。當地球守護者為學生進行這些儀式時，正是治療者在延續他們的傳承，當老師和學生彼此向前傾身，前額相碰，它就從老師的頭腦躍入學生的頭腦。為了傳遞這個儀式，地球守護者只需維持神聖空間，並呈現出他想要傳遞的振動頻率。

我希望和你們簡略地分享這九個儀式，使你們能有所了解，當你進行這些啟蒙儀式後，你若願意，就能將它們傳遞給其他人。請記住，這些啟蒙儀式仍然能從靈性世界裡的地球守護者那裡直接接收到。如果你將自己向這個過程敞開，你就會在夢中經歷這些啟蒙。但如果你有機會，一定要嘗試親自接收它們（請到我的網站看看，你可以找到在你所在地區有資格進行這些儀式的人）。

九個儀式

1. 第一個儀式是**在你的發光能場中安裝稱作「力量帶」的保護**。它們是五個發光帶，分別代表土、空氣、火、水和純粹的光。它們的作用是過濾，濾除任何進入你身體的五大元素的負面能量，這樣，這些能量就能為你所用，而不是毒害你或讓你生病。因為這些力量帶一直在運作著，所以會立即將負面能量反彈出去。在一個充滿恐懼的世界裡，這些能量帶提供了必要的保護。

2. 第二個儀式是**治療者的儀式**。這個儀式將你與來自過去的薩滿巫師的傳承脈絡相連，協助你進行個人的療癒。治療者知道，我們全都可以獲得很多來自靈性上的協助，而這些生命體會在我們的睡夢中療癒我們祖先和我們過去的創傷。

3. 第三個是**和諧儀式**（Harmony Rite）。在這個儀式中，治療者將七個原型傳輸至你的脈輪中。在第一個脈輪中，你接受蛇的原型；美洲豹的原型進入第二個脈輪；蜂鳥的原型進入第三個脈輪；而老鷹的原型進入第四個脈輪。然後，三個「大天使」進入你的三個上部脈輪：瓦斯卡（Huascar）——下部世界和無意識世界的守護者——進入喉嚨（第五個脈輪）；奎茲特克（Quetzalcoatl）——美洲的羽蛇神和中部世界（我們的清醒世界）的守護者——進入第六個脈輪；帕查庫提（Pachakuti）——上部世界（我們的超意識）的保護者和未來的守護者——進入第七個脈輪。

這些作為種子的原型傳輸到你的能量中心裡。這些種子會與火一起發芽，因此你必須進行數次火的冥想，以喚醒它們並使它們生長。然後，這些原型會幫助你清除脈輪中的心靈淤泥，如此一來，當你獲得彩虹光體時，你的脈輪就能閃爍出原本的光。這個練習會幫助你像蛇蛻皮一樣卸下你的過去。

4. 第四個是**看見者的儀式**。這個儀式是要擴展你的腦後視覺皮層和第三隻眼以及心輪之間的光的通道。這個練習會喚醒你感知無形世界的能力。在光體療癒學校，許多學生發現在進行看見者儀式幾個月之後，能夠感知他們周圍的能量世界。

5. 第五個儀式是**守日者**（Daykeeper）**儀式**。守日者是古代石頭祭壇的主人，這些祭壇在世界各地都有，像是巨石陣、馬丘比丘。守日者能召喚這些古代神壇的力量來療癒世界，並為世界帶來平衡。這個儀式是一種能量傳輸，將你與一個來自過去的大師級薩滿巫師的傳承相連。

根據古老知識的說法，守日者呼喚太陽每天早晨升起，傍晚西下，確保人類與大地之母和諧相處，並尊崇母性之道。守日者協助生與死的過程，也是草藥醫生或巫醫，很了解大地母性之道。這一個儀式能幫助你療癒自己內在的女性面，並走出恐懼，練習和平。

6. 第六個是**智慧守護著的儀式**。古老的知識各訴我們，古老智慧深藏於高山之中。在安地斯山脈中，這些冰雪覆蓋的山頂被視為力量所在之處，因而受到崇敬。正如全世界其他高山一樣——西奈山、富士山到奧林巴斯山——都被尊崇為人類與神性相遇的地方。

智慧守護者的傳承是已經擊敗死亡、並跨出時間之外的男巫醫與女巫醫。智慧守護者的工作是保護草藥的傳承，並在適當的時候和他人分享，因此，這個儀式會幫助你跨出時間之外，體驗無限。

7. 第七個是**地球守護者的儀式**。這個儀式將你與大天使的傳承相連，大天使是我們銀河系的守護者，以具有人類形體、像樹木一樣高大而著稱。

地球守護者是地球上所有生命的服務員，他們受到這些大天使的直接保護，每當他們需要力量，把療癒及平衡帶入任何情境之中時，就能召喚大天使的力量。地球守護者的儀式能幫助你學習看見者之道，並將世界之夢化為實相。

8. 接下來是**星星守護者的儀式**。據說在西元二〇一二年前後將會發生巨變，這個儀式能讓你在巨變之後安全地停靠在時間之中。根據古老的知識，當你接受這個儀式，你的肉身就開始進化，變成發光人類的身體——衰老過程將會減緩，對於你以前常得到的疾病，你會變得有抵抗力。

在我接受這些儀式之後，我注意到，我不再主要以蛇的層次來行事。例如，當我患了感冒，我就在能量層面處理它，在一天或兩天內就會痊癒，而不是一個星期。我開始在蜂鳥和老鷹的層次上生活，並處理自己生活中發生的事情。當你接受這些儀式時，你將會成為未來以及所有未來世代的服務員。

9. 最後是**神的儀式**。當你接受這個儀式時，你就喚醒了自己內在的神，並成為所有造物的服務員，小至沙粒，大至宇宙中最大的星系。以前地球上從來沒有這個儀式，但今天可以獲得這樣的儀式。雖然已經有人達到過這個啟蒙儀式的層次，並喚醒他們的基督或佛陀意識，但以前從來不可能將這儀式從一個人傳給另一個人，直到最近才有可能做這樣的傳遞。因此，雖然由靈傳輸給人的情形偶然會發生，但在此之前是不可能由人傳給另一個人。

雖然這些儀式在傳統上是由治療者贈予另一個人，但當你練習四個洞見時，就會發現，你是直接從大靈接收這些啟蒙儀式……你會受到天使的撫觸和祝福。你只需讓自己向地球守護者的智慧敞開，一切都將會贈予給你。

我已在我的學生身上看到這種來自大靈的傳輸，也許是在我給他們舉行儀式的當天晚上，在他們完全沒有準備之下發生。他們當時可能心不在焉，或者正想著某個問題或所擔心的事，讓他們沒有全心留意這種經驗。因為傳輸發生在不到一分鐘的時間裡，當他們知道自己剛才一點都沒有做好準備時，為時已晚。在接下來的幾個月中，我注意觀察他們有沒有直接從大靈那裡接收傳輸。我能分辨出來，因為他們的發光能場會有一個不同的原子價和特質，所以我能加以分辨他們是否已受到生命中天使的撫觸。

你也會的。

結語

根據古老的知識，地球守護者的智慧教導可以追溯到十萬年前。在這個過程中，從高山遷徙到茂盛的農地，從西伯利亞穿過冰原，進入美洲大陸茂密的叢林中，這個教導已經歷過許多轉變。

今天，當我們將這種古代知識帶入二十一世紀時，我們正在經歷另一次進化。雖然教義的外在形式改變了，但其內涵依然保持不變。

我相信，我們是新的地球守護者——畢竟，據說他們將會來自西方。我希望聽到你有關四個洞見的體驗，以及你在練習中所獲得的成功和遇到的挑戰。

致謝

本書的真正作者是美洲的巫醫們，這些人以他們信念的勇氣，以及他們對靈性和神聖的體驗而生活（很多時候，也因此失去了他們的生命）。他們是我的老師的老師，而我由衷的感謝他們在我和治療者一起訓練的二十五年中，慷慨地將這些知識與我分享。

我想要感謝賀氏出版社的李德．特雷西（Reid Tracy）給我機會出版這本書，也感謝他對我的信任和鼓勵，使這本書得以出版。

我要感謝我的編輯南西．佩斯克（Nancy Peske），感謝她充滿靈感和完美無瑕的編輯，在將這些古代觀念化為文字的過程中，當我遇到困難時，她始終是一盞明燈。也想要感謝賀氏出版社的編輯吉爾．克雷默（Jill Kramer）和山儂．李崔爾（Shannon Littrell），他們從一開始就參與這個計畫。

想要感謝所有以他們的愛和意願支持這本書的人是很困難的，但最要感謝的是馬塞拉．羅伯斯（Marcela Lobos）、蘇珊．雷納爾（Susan Reiner）、艾德．伯克和安妮特．伯克（Ed and Annette Burke），他們提供了可以讓我在海邊閉關寫作的住所；以及祕魯的印加人，他們的祖先實踐並傳授了四個洞見的智慧。

最後，我想感謝四風學會的學生們，他們信奉這四個洞見，並將有關巫醫的教導帶入二十一世紀。

生命潛能出版圖書目錄

心靈成長系列		作者	譯者	定價
ST0109	冥想的藝術	葛文	蕭順涵	130
ST0111	如何激發自我潛能	山口　彰	鄭清清	170
ST0115	做自己的心理醫生	費思特	蔡素芬	180
ST0119	你愛自己嗎？	保羅	蘇晴	250
ST0122	影響你生命的十二原型	皮爾森	張蘭馨	350
ST0124	工作中的人性反思	柯萬	張金興	200
ST0125	平靜安穩	匿名氏	李文英	180
ST0126	豐富年年	波耶特	侯麗煬	280
ST0127	心想事成	葛文	穆怡梅	250
ST0131	沒有你我該怎麼辦？	米勒	許梅芳	130
ST0133	天生我材必有用	米勒＆梅特森	鄧文華	210
ST0136	一個幸福的婚禮	約翰・李	區詠熙	260
ST0137	快樂生活的新好男人	巴希克	陳蒼多	280
ST0139	通向平靜之路—— 根絕上癮行為的新認知法則	約瑟夫・貝利	黃春華	180
ST0140	心靈之旅	珍妮佛・詹姆絲	侯麗煬	200
ST0142	理性出發	麥克納	陳蒼多	200
ST0143	向惡言惡語挑戰	詹姆絲	許梅芳	220
ST0144	珍愛	碧提	黃春華	190
ST0145	打開心靈的視野	海瑟頓	鄧文華	320
ST0147	揭開自我之謎	戴安	黃春華	150
ST0148	自我親職——如何做自己的好父母	波拉德	鄧文華	200
ST0149	揮別傷痛	布萊克	喬安	150
ST0151	我該如何幫助你？	高登	高麗娟	200
ST0152	戒癮十二法則	克里夫蘭＆愛莉絲	穆怡梅	180
ST0153	電視心理學	早坂泰次郎＆北林才知		200
ST0154	自我治療在人生的旅程上	羅森	喬安	200
ST0155	快樂是你的選擇	維拉妮卡・雷	陳逸群	250
ST0156	歡暢的每一天	蘇・班德	江孟蓉	180
ST0157	夢境地圖	吉莉安・荷洛薇	陳琇／楊玄璋	200
ST0158	感官復甦工作坊	查爾斯・布魯克		180
ST0159	扭轉心靈危機	克里斯・克藍克	許梅芳	320
ST0160	創痛原是一種福分	貝佛莉・恩格	謝青峰	250

ST0161	與慈悲的宇宙連結	拉姆・達斯＆保羅・高曼	許桂綿	250
ST0165	重塑心靈	許宜銘		250
ST0166	聆聽心靈樂音	馬修	李芸玫	220
ST0167	敞開心靈暗房	提恩・戴唐	陳世玲／吳夢峰	280
ST0168	無為，很好	史提芬・哈里森	于而彥	150
ST0169	心的嘉年華會	拉瑪大師	陳逸群	280
ST0170	釋放焦慮七大祕訣	A.M.瑪修	蕭順涵	160
ST0172	量身訂做潛能體操	蓋兒・克絲&席拉・丹娜	黃志光	220
ST0173	你當然可以生氣	蓋莉・羅塞里尼&馬克・瓦登	謝青峰	200
ST0175	讓心無懼	蘭達・布里登	陳逸群	280
ST0176	心靈舞台	薇薇安・金	陳逸群	280
ST0177	把神祕喝個夠	王靜蓉		250
ST0178	喜悅之道	珊娜雅・羅曼	王季慶	220
ST0179	最高意志的修煉	陶利・柏肯	江孟蓉	220
ST0180	靈魂調色盤	凱西・馬奇歐迪	陳麗芳	320
ST0181	情緒爆發力	麥可・史凱	周晴燕	220
ST0182	立方體的祕密	安妮＆斯羅波登	黃寶敏	260
ST0183	給生活一帖力量—— 現代人的靈性維他命	芭芭拉・伯格	周晴燕	200
ST0184	治療師的懺悔—— 頂尖治療師的失誤個案經驗分享	傑弗瑞・柯特勒＆ 瓊恩・卡森	胡茉玲	280
ST0185	玩出塔羅趣味	M.J.阿芭迪	盧娜	280
ST0186	瑜伽上師最後的十堂課—— 追求無限成長與成就的 心性準則	艾莉絲・克麗斯坦森	林惠瑟	250
ST0187	靈魂占星筆記	瑪格麗特・庫曼	羅孝英／陳惠嬪	250
ST0188	催眠之聲伴隨你（新版）	米爾頓・艾瑞克森&史德奈・羅森	蕭德蘭	320
ST0189	通靈工作坊—— 綻放你內在的直覺力與靈性潛能	金・雀絲妮	許桂綿	280
ST0190	創造金錢（上冊）—— 運用磁力彰顯財富的技巧	珊娜雅・羅曼＆杜安・派克	沈友娣	200
ST0191	創造金錢（下冊）—— 協助你開創人生志業的訣竅	珊娜雅・羅曼＆杜安・派克	羅孝英	200
ST0192	愛與生存的勇氣—— 自我關係療法的詮釋與運用	史蒂芬・吉利根	蕭德蘭、劉安康、 黃正頤 梁美玉等	320
ST0193	水晶光能啟蒙—— 礦石是你蛻變與轉化的資產	卡崔娜・拉斐爾	鄭婷玫	250
ST0194	神聖占星學—— 強化能量的鍊金術	道維・史卓思納	張振林	250
ST0195	擁舞生命潛能（新版）	許宜銘		220

ST0196	內在男人，內在女人—— 探索內在男女能量對關係與工作的影響	莎加培雅	沙微塔	250
ST0197	人體氣場彩光學	喬漢納・費斯林傑& 貝緹娜・費斯林傑	遠音編譯群	250
ST0198	水晶高頻治療—— 運用水晶平衡精微能量系統	卡崔娜・拉斐爾	弈蘭	280
ST0199	和內在的自己玩遊戲	潔娜・黛安	黃春華	200
ST01100	和內在的自己作朋友	潔娜・黛安	黃春華	200
ST01101	個人覺醒的力量—— 增強心靈感知與能量運作的能力	珊娜雅・羅曼	羅孝英	270
ST01102	召喚天使—— 邀請天使能量共創幸福奇蹟	朵琳・芙秋博士	王愉淑	280

親子教養系列		作者	譯者	定價
ST0301	愛、管教與紀律	戈登	傳橋	190
ST0302	52種幫助孩子建立 自尊自信的好方法	達蓋茲	蕭順涵	150
ST0303	阻礙孩子成長的母親	金盛浦子	鄭清清	190
ST0304	阻礙孩子成長的父親	金盛浦子	鄭清清	190
ST0307	養育出衆孩子的方法	愛蜜斯	蕭順涵	160
ST0309	虎父無犬子	馬克道威爾&狄克・德	李文英	290
ST0310	孩子為什麼想自殺	克魯科	侯麗煬	170
ST0313	會思考的孩子是贏家	勞倫斯・葛林	黃寶敏	260
ST0314	創造孩子的快樂天堂	詹姆斯・加伯利諾	邱紫穎	220
ST0315	童心創意七十二變	露西雅・卡帕席恩	黃治蘋	180
ST0316	作孩子的心靈導師	狄巴克・喬布拉	游琬娟	140
ST0317	滋潤的愛	哈維爾・漢瑞克斯& 海倫・杭特	蕭德蘭	350
ST0318	孩子變壞了嗎？	史丹頓・沙門諾博士	邱溫	250
ST0319	孩子不是你的錯	羅絲瑪麗・史東斯	邱溫	160
ST0320	協助孩子了解死亡課題	喬依・強森	陳逸群	200
ST0321	讓孩子在自信中成長	艾迪絲・鄧肯	周晴燕	250
ST0322	激發孩子學習熱忱	朵娜・馬可娃&安・波威爾	周晴燕	220
ST0323	讓你和孩子更貼心—— 現代父母效能訓練	湯瑪士・戈登博士	傳橋	280

健康種子系列		作者	譯者	定價
ST9001	身心合一	肯恩・戴特沃德	邱溫	250
ST9002	同類療法I—健康新抉擇	維登・麥凱博	陳逸群	250
ST9003	同類療法II—改善你的體質	維登・麥凱博	陳逸群	300
ST9004	抗癌策略	安・法瑞＆戴夫・法瑞	江孟蓉	220
ST9005	自我健康催眠	史丹利・費雪	季欣	220
ST9006	肢體療法百科	瑪加・奈思特	邱溫	360
ST9007	21世紀醫療革命:自然醫學	黃俊傑醫師		320
ST9008	靈性按摩	莎加培雅	沙微塔	450
ST9009	新年輕主義	大衛・賴伯克	黃伯慧	300
ST9010	腦力營養策略	藍格& 席爾	陳麗芳	250
ST9011	飲食防癌	羅伯特・哈瑟瑞	邱溫	280
ST9012	雨林藥草居家療方	阿維戈& 愛普斯汀	許桂綿	280
ST9014	呼吸重生療法——身心整合與釋放壓力的另類選擇	凱瑟琳・道林	廖世德	250
ST9015	印加能量療法——一位人類學家的巫士學習之旅	阿貝托・維洛多博士	許桂綿	280
ST9016	讓妳年輕10歲、多活10年	戴維・賴伯克	黃文慧	250
ST9017	身心調癒地圖	黛比・夏比洛	邱溫	320
ST9018	靈性治療的藝術	凱思・雪伍	林妙香	270
ST9019	巴哈花療法，心靈的解藥	大衛・威奈爾	黃寶敏	250
ST9020	解除疼痛——疼痛的自救處理方式	克利斯・威爾斯＆葛瑞姆・諾恩	陳麗芳	260
ST9021	逆轉癌症——恢復生命力的九大自療療程	席瓦妮・古曼（附引導式自療冥想CD）	周晴燕	250
ST9022	印加靈魂復元療法——跨越時間之河修復生命、改造未來	阿貝托・維洛多博士	許桂綿	280
ST9023	靈氣108問——以雙手傳遞宇宙生命能量的新時代療法	萊絲蜜・寶拉・賀倫	欣芬	240
ST9024	印加巫士的智慧洞見——成為地球守護者的操練與挑戰	阿貝托・維洛多博士	奕蘭	280
ST9025	靈氣為你帶來豐盛——遠離匱乏、體驗豐盛的42天靈氣方案	萊絲蜜・寶拉	胡澤芬	220

兩性互動系列		作者	譯者	定價
ST0201	讓愛陪你走一段	漢瑞克斯	蔡易玲	290
ST0202	滄桑後的天真	黃春華		150
ST0203	試婚	吳淡如		180
ST0204	尋找心靈的歸依處	約翰・李	黃春華	130
ST0207	影子配偶	狄妮絲・藍	鄧文華	350
ST0208	你這話是什麼意思?——終結伴侶間的言語傷害	派翠西亞・依凡絲	穆怡梅	220
ST0209	讓婚姻萬歲——愛之外的尊重與協商	貝蒂・卡特等	李文英	360
ST0210	非常親密元素	大衛&珍・史杜普	謝青峰	280
ST0211	最佳親密戰友	珍・庫索&黛安・葛拉罕	劉育林	250
ST0212	男人女人2分天下	克莉絲・愛維特	江孟蓉	200
ST0213	堅持原味的愛	賀夫和蓋兒・沛雷德	陳逸群	350
ST0214	背叛單身不後悔 I	漢瑞克斯&杭特	李文英	250
ST0215	背叛單身不後悔 II	漢瑞克斯&杭特	李文英	250
ST0216	女性智慧宣言	露易絲・賀	蕭順涵	200
ST0217	情投意合溝通法	強納生・羅賓森	游琬娟	240
ST0218	靈慾情色愛	許宜銘		200
ST0219	親愛的,我們別吵了!	蘇珊・奎蓮恩	江孟蓉	250
ST0220	彩翼單飛	雪倫・魏士德・克魯斯	周晴燕	250
ST0222	愛在高潮——跨越關係中的低潮、享受真愛	派特・洛芙	胡茉玲	250
ST0224	男女大不同:身心健康對策——如何讓火星男人與金星女人活力煥發、甜蜜持久	約翰・葛瑞	許桂綿	320
ST0226	婚姻診療室——以現實療法破解婚姻難題	蓋瑞・查普曼	陳逸群	250
ST0227	愛的溝通不打烊——讓你的婚姻成為幸福的代名詞	瓊恩・卡森&唐恩・狄克梅爾	周晴燕	280
ST0228	男女大不同——火星男人與金星女人的戀愛講義	約翰・葛瑞	蘇晴	280
ST0229	Office男女大不同——火星男人與金星女人職場輕鬆溝通	約翰・葛瑞	邱溫&許桂綿	320

奧修靈性成長系列		作者	譯者	定價
ST6001	成熟——重新看見自己的純真與完整	奧修	黃瓊瑩	280
ST6002	勇氣——在生活中冒險是一種喜悅	奧修	黃瓊瑩	300
ST6003	創造力——釋放內在的力量	奧修	李舒潔	280
ST6004	覺察——品嘗自在合一的佛性滋味	奧修	黃瓊瑩	300
ST6005	直覺——超越邏輯的全新領悟	奧修	沈文玉	280
ST6006	親密——學習信任自己與他人	奧修	陳明堯	250
ST6007	愛、自由與單獨	奧修	黃瓊瑩	300
ST6008	叛逆的靈魂——奧修自傳	奧修（精裝本定價500元）	黃瓊瑩	399
ST6009	存在之詩——藏密教義的終極體驗	奧修	陳明堯	320
ST6010	禪——活出當下的意識	奧修	陳明堯	250
ST6011	瑜伽——提升靈魂的科學	奧修	林妙香	280
ST6012	蘇菲靈性之舞——讓自我死去的藝術	奧修	沈文玉	320
ST6013	道——順隨生命的核心	奧修	沙微塔	300
ST6014	身心平衡——與你的身體和心理對話	奧修（附放鬆靜心CD）	陳明堯	300
ST6015	喜悅——從內在深處湧現的快樂	奧修	陳明堯	280
ST6016	歡慶生死	奧修	黃瓊瑩	300
ST6017	與先哲奇人相遇	奧修	陳明堯	300
ST6018	情緒——釋放你的憤怒、恐懼與嫉妒	奧修（附靜心音樂CD）	沈文玉	250
ST6019	脈輪能量書I—— 回歸存在的意識地圖	奧修	沙微塔	250
ST6020	脈輪能量書II—— 靈妙體的探索旅程	奧修	沙微塔	250
ST6021	聰明才智——以創意回應當下	奧修	黃瓊瑩	300
ST6022	自由——成為自己的勇氣	奧修	林妙香	280
ST6023	奧修談禪師馬祖道一——空無之鏡	奧修	陳明堯	280
ST6024	靈魂之藥—— 讓身心放鬆的靜心與覺察練習	奧修	陳明堯	250
ST6025	奧修談禪師南泉普願—— 靈性的轉折	奧修	陳明堯	280
ST6026	女性意識—— 女性特質的慶祝與提醒	奧修	沈文玉	220
ST6027	印度，我的愛—— 靈性之旅	奧修（附「寧靜乍現」VCD）	陳明堯	320
ST6028	奧修談禪師趙州從諗—— 以獅吼喚醒你的自性	奧修	陳明堯	250
ST6029	奧修談禪師臨濟義玄—— 超脫理性的師父	奧修	陳明堯	250
ST6030	熱情—— 真理、神性、美的探尋	奧修	陳明堯	280
ST6031	慈悲——愛的極致綻放	奧修	沈文玉	270
ST6032	靜心春與夏——奧修與你同在	奧修	陳明堯	220
ST6033	靜心秋與冬——奧修與你同在	奧修	陳明堯	220

健康種子 24

印加巫士的智慧洞見

——成爲地球守護者的操練與挑戰

原著書名／The Four Insights
作　　者／阿貝托・維洛多博士（Alberto Villoldo, Ph.D.）
譯　　者／奕　蘭
總 編 輯／黃寶敏
執行編輯／郎秀慧
發 行 人／許宜銘
行銷經理／陳伯文
出版發行／生命潛能文化事業有限公司
聯絡地址／台北市信義區（110）和平東路三段509巷7弄3號1樓
聯絡電話／（02）2378-3399
傳　　真／（02）2378-0011
網　　址／http://www.tgblife.com
E-mail／tgblife@ms27.hinet.net
郵政劃撥／17073315（戶名：生命潛能文化事業有限公司）
郵購九折，郵資單本50元、2-9本80元、10本以上免郵資

總 經 銷／吳氏圖書有限公司・電話／（02）3234-0036
內文排版／普林特斯資訊股份有限公司・電話／（02）8226-9696
印　　刷／承峰美術印刷・電話／（02）2225-7055

2007年 8 月初版
定價：280元

ISBN: 978-986-7349-55-2
The Four Insights by Alberto Villoldo, Ph.D.

行政院新聞局局版台業字第 5435 號　

國家圖書館出版品預行編目資料

印加巫士的智慧洞見／阿貝托・維洛多博士（Alberto Villoldo, Ph.D.）著；奕蘭譯. -- 初版. --臺北市：生命潛能文化, 2007〔民96〕
面；　公分. --（健康種子系列；24）

譯自：The Four Insights:
wisdom, power, and grace of the earthkeepers

ISBN 978-986-7349-55-2 (平裝)

1. 薩滿教　2. 宗教療法　3. 南美洲

215.856　　96012716